Arneas

Bibliografische Information der Deutschen Nationalbibliothek: Die Deutsche Nationalbibliothek verzeichnet diese Publikation in der Deutschen Nationalbibliografie; detaillierte bibliografische Daten sind im Internet über dnb.dnb.de abrufbar.

Verlag: BoD · Books on Demand GmbH, In de Tarpen 42, 22848 Norderstedt, bod@bod.de Druck: Libri Plureos GmbH, Friedensallee 273, 22763 Hamburg ISBN: 978-3-7693-3921-5

Pseudonym: Marta Pabis
Autorin: 2009 in Londonderry geboren. Besucht die HAK in Wels.

Am einem Abend, in der Straße Tortinol war es ganz still. Niemand war zuhause, weil es gerade Silvester war und jeder bei seiner Familie oder Freunden war. In ein paar Stunden konnte man sich schon, alles Gute für das neue Jahr, wünschen. Der Schnee rieselte ganz leise, ein kalter Wind blies durch die Luft und in der Gegend war es ganz nebelig. Weit weg von der Straße hätte man manchmal sehen können das Feuerwerk in die Luft geschläudert wurde, den manche wollten es schon aus reiner Interesse ausprobieren. In vielen Häusern haben Leute gelacht, gespielt, geredet und noch viele andere Sachen. Die Gute Laune war einfach überall. Außer auf der Straße Tortinol. In der Stadt die ein paar Kilometer weit von der Straße Tortinol weg war, hatten sich sehr viele Leute versammelt. Jedes Jahr hat die Stadt nämlich in Silvester ein Fest gemacht. In der Mitte der Stadt stand ein bunt geschmückter, fast 25 Meter hoher Christbaum, der nach den neuen Jahr von allen weggetragen wurde. Den das war eine Gewohnheit der Stadt seit vielen Jahren. In jedem Eck konnte man einen Markstand finden wo man Silvester Geschenke kaufen konnte oder Feuerwerk, Sekte aber auch Konfetti. Mit der Zeit kamen in die Stadt noch mehr und mehr Leute den jeder war am diesen Tag dort willkommen. Am Heiligen Abend war die Atmosphäre Spiegelgleich. Die Stadt war nicht sehr groß, es war auch keine Metropole, es war einfach wenn es man so sagen kann, ein großes

Dorf. Am jeden Silvester war die Stadt sehr stark beleuchtet. In der Nacht hatte es natürlich sehr schön ausgeschaut. Die Stadt war ja nicht so groß darum kannte sich fast jeder in der Stadt und von jedem Gerücht hatte schon nach ein paar Tagen jeder gewusst. Also gab es vor der Stadt keine Geheimnisse. Darum musste man aufpassen was man wem sagte. In der kleinen Stadt gab es auch eine Schule. Zu der Zeit gingen nur 800 Schüler in die Schule weil, sie nicht so groß war. In nächsten Jahr aber, haben sie vor ein paar Tagen verkündet dass, die Schule vergrößert wird. Die Schüler freuten sich sicher nicht. Niemand wollte lernen weil, in der Stadt sowieso Keiner große Pläne für sein Leben gehabt hat. Die Stadt war weit entfernt von irgendwelchen großen Hauptstädten oder Metropolen. Wenn du glaubst dass, in der Stadt große Ziele erreichst dann irrst du dich sehr. Am meistens wirst du da sehr viele Friseure, Verkäufer oder LKW Fahrer finden. Es sind Arbeiten wo du nicht viel verdienst. Darum wollen die meisten Kinder nicht lernen, weil ihre Eltern auch nicht viel gelernt haben. Wenn man keinen guten Vorbild hat dann, wird man auch kein guter Mensch, aber es ist nicht immer so. Manche Leute werden in einen schlechten Gegend geboren wo man: Drogen nimmt, zu viel Alkohol trinkt und noch viele andere Sachen aber, trotzdem werden sie berühmt. In der Stadt, egal was du machst, wirst du nicht

berühmt. Wieso es so ist? Weil es noch niemand
probiert hat und es noch niemand probieren wollte.

Ich

Und da bin ich. Ich will der Straße Tortinol und der
Stadt Zental zeigen dass, man in der Gegend etwas
erreichen kann. Auch wenn die anderen…
Entschuldige. Ich habe mich noch nicht vorgestellt.
Mein Name ist Arnold. Das Aussehen ist nicht sehr
wichtig, ich bin ein Nerd also kann man sich sehr
leicht vorstellen wie ich mich anziehe, aber jetzt
zum wichtigen. Mein ganzer Name ist: Arnold
Schießberg. Mein Nachname ist nicht sehr toll. In
der Schule wird mein Bruder, Ralf, wegen den:
Nachnamen, seinen schüchteren Charakter,
aussehen und noch viele anderen Sachen gemobbt.
Eigentlich ist er erst in der 1 Klasse Mittelschule,
aber er hat schon jetzt ein großes Problem mit
seinen Mitschülern. Bis heute hat er nichts unseren
Eltern gesagt, dass er gemobbt, beleidigt,
geschlagen und gequellt wird. Es sieht bei mir zum
Glück anders aus, ich weiß nicht ob man das Glück
nennen kann aber, ich bin in meiner Klasse, ein
Streber, also wenn es was gibt lass ich den anderen
von mir abschreiben, dass sie mich nicht
zusammenschlagen sonst stehe ich immer einfach
in der Ecke und mache nichts. Man kann sich jetzt
denken, dass ich ein langweiliger Typ bin und dass

ich in Leben einfach nur das Ziel hab berühmt zu werden und das war's aber, es ist nicht so. Mein Ziel ist es etwas zu erfinden oder zu finden was noch in der Welt nicht ganz untersucht wurde oder gar nicht gefunden wurde. Manchmal glaube ich das die ganze Welt so unkreativ ist. Denkt doch an die Erfinder die zum Beispiel das Buch erfunden haben, in die du sehr gern liest (oder auch nicht). Wenn es die nicht gäbe, dann hättest du jetzt keins in der Hand und du könntest es nicht lesen. Manche in der Schule bei dir denken sich, wie cool wäre es keine Bücher zu haben, dann müssten wir nicht lernen. Eigentlich hat er Recht, aber man muss bedenken, dass man ohne die ganzen Büchern kein so großes Wissen wie jetzt gehabt hätte. Es ist traurig, dass viele Menschen nicht an solche Sachen denken wie: Warum wurde es Erfunden, welchen Grund hatte es das ein Mesch so schlimme Sachen auf die Welt bringt oder wie wurde es überhaupt erfunden? Das Schlimmste ist das viele darüber nicht mal nachdenken sondern weiterleben, als wäre das kein großer Problem. Die Menschen machen so viele Fehler in ihren Leben und sie lernen nicht daraus. Sie sagen das man zuerst nachdenken und danach die Sache machen soll, aber sie machen genau das Gegenteil. Manche verstehen einfach nicht wie es in der Vergangenheit schwer war etwas zu erfinden. Ich glaube das Zurückspulen der Zeit wurde auch nicht helfen.

Silvester (noch immer ein armer Junge)

„Aufstehen!" schrie Mutters Arnold zu seinen Bruder. Arnold hat einen freien Tag, er steht aber sowieso auf, denn er kann Morgens nach so einen lauten Schrei nicht mehr leicht einschlafen. Seine Augen sind noch zu, aber er steht auf, um das Licht einzuschalten. Mit seinen leicht geöffneten Augen geht er zu seinen Schreibtisch und schaut auf seinen Stundenplan der neben der Lampe ist. „Nein!". Schnell greift Arnold zu seiner Schultasche die neben seinen Bett und Schreibtisch steht. Er schmeißt alle Bücher auf den Schreibtisch und nimmt ein Violettes Englisch-Buch. Danach schnappt er sein Handy und ruft an. „Halo?", „Hast du die freiwilige Aufgabe aus Englisch" fragt Arnold. „Geh besser schlafen! Keine Angst, du wirst die verdammte Eins in Englisch haben!" entgegnete Andreas und legte auf. Arnold, der Streber, in seiner Klasse hatte nur ein einzigen Freund, den Andreas. Und das wollte er nicht ändern, weil er andere Personen in seiner Schule doof findet. An jedem Tag sitzt Arnold ein paar Stunden und wiederholt den Stoff, den er in den Unterrichtsstunden durchgemacht hat. Am Wochenende aber, arbeitete er an einem Projekt den keiner gesehen hat. Nicht mal seine Eltern. Aber schon in ein paar Jahren wird sich alles ändern was niemand, sogar selbst der Arnold, nicht vermutet hätte. Plötzlich leutet der Wecker und Arnold springt auf, als hätte er ein Feueralarm gehört. Arnold schaltet es schnell aus und gibt seine Bücher in seine Schultasche. Nachdem bezieht er sein Bett, zieht seine hellblauen Schlapfen an, streicht das gestrige Datum aus seinem Kalender, kippt sein Fenster neben den Schreibtisch, schaut auf die Uhr und letztendlich geht er aus seinem Zimmer heraus. Er macht die Tür zu und geht danach den Korridor entlang. Der Boden ist mit einem weißen Teppich belegt darum, gehen eigentlich alle anderen Hausbewohner ohne Schlapfen. Arnold hat wegen der Schule eine Angewohnheit, dass er immer irgendwelche Schuhe anhaben muss. Mit langsamen Schritten geht er Richtung Badezimmer. Jedes mal ist eine lange Warteschlange zu den Badezimmer in Erdgeschoss weil, jeder Hausbewohner dort sein Zimmer hat. Arnold ist der einziger der sein Zimmer oben hat. Das Positive daran ist, dass er den ersten Stock fast immer für sich hat.

Manchmal fragt er sich trotzdem ob es eine Strafe sein sollte oder er vielleicht adoptiert wurde. Verschiedene Sachen von seinem Bruder liegen im ersten Stock. Wie zum

Beispiel, ein Fahrrad, Comics, altes Gewand, Spielzeuge, die nicht mehr Modern sind und weiter Sachen, die aus irgendeinem komischen Grund oben sind. Das könnte eine gute Erklärung dafür sein, wieso er in der Familie immer das fünfte Rad am Wagen ist. Das Stockwerk ist einfach für Sachen und Menschen die man nicht mehr braucht. Auf jeden Fall freut er sich weil, morgen Silvester ist und er sich mit seinem wenigen Freund ausgemacht hat dass, sie heute Feuerwerk und Böller kaufen. Viele Leute glauben dass, Streber langweilig sind. Von der anderen Seite interessieren Arnold keine Video Spiele in denen viel Blut, Waffen, Risiko oder Gewalt vorkommt. Rauchen oder Alkohol trinken ist auch nicht so sein Thema, auch wenn er schon 15 Jahre ist. In seiner Schule reden die älteren Schüler nur über solche Sachen und die jungen wollen den Verhalten komischerweise nachfolgen. Alle reiben sich jetzt aber die Hände und warten auf Silvester bis es überall krachen wird. Das Einzige was Arnold in Silvester wirklich Angst macht sind die Nachbarn seit immer.

Jedes Jahr streiten die Nachbarn mit der Familie Schießberg dass, man mit den Feuerwerk aufpassen soll. Die Tiere fürchten sich. Die älteren Personen wollen ausschlafen. Es könnte was schief gehen und die Raketen könnten ins Haus fliegen. Und weitere solche Sätze die keinen interessieren. Arnold mag die Nachbarn generell nicht. Sie müssen immer Recht haben und wenn sie wissen das du Recht hast wechseln sie gleich das Thema. Sag ihnen lieber nicht dass, sie egoistisch sind, sonst fangen sie dir einen langen Beitrag an das alle eigentlich Egoistisch sind und wir alle Fehler machen. Wie sollten die jüngeren und älteren Generationen ein gemeinsames Thema beim Silvester finden? Deswegen auch haben die Eltern von Arnold einen guten Kontakt mit den Nachbarn und immer wenn sie sich treffen, sucht Arnold und sein Onkel ein anderes Platz um viel Spaß zu haben. Zum Silvester bleibt ein Onkel von Arnold, Alex, immer für eine Woche in Österreich, weil er in Italien seine Wohnung und Arbeit hat, aber dort niemanden von seiner Familie hat. Alex schläft manchmal bei den Schießbergern und manchmal in Hotel um dann noch irgendwo ein Ausflug in die Berge zu machen oder einfach Schi zu fahren. Wenn aber die Nachbarn zu Arnold's Eltern kommen gibt es Streit. Onkel steht immer zu Arnold Seite und sagt, dass man einmal in Jahr gescheid feiern kann. Die Nachbarn fangen dem Onkel danach zu schlechtmachen an und entgegnen dass, er ein schlechtes Beispiel für Arnold ist und er sein Onkel gar nicht zuhören soll. Seine Eltern probieren immer am Ende die Diskussion ruhig zu beenden. Sie machen immer den gleichen Fehler denn, dann ist es immer zu spät. Jedes Jahr passiert das Gleiche. Wird es einmal enden? Bis Alex ausrreichend Geld haben wird um in Italien zu bleiben und dort mit seinen Freunden die Weihnachtlichen Feste zu feiern, lautet die antwort, Ja. Nichts sieht jetzt aber nach den aus, dass sich was ändern soll, also lautet die Antwort doch, Nein. Arnold freut sich immer wenn sein Onkel kommt denn, sie finden immer ein gemeinsames Thema zum Reden. Nicht wie seine Oma die jedes Jahr nachfragt wenn sie sich treffen ob, er gute Noten hat oder eine Freundin gefunden hat. Sein Onkel ist komplett anders. Manchmal reden sie über, Schach, Schi fahren, neue Auto-Video Spiele oder alte Rockbands. Wenn Alex betrunken ist fangen sie auf einmal über das Weltall zu sprechen auch wenn er keine Ahnung von den hat. Jedes mal sagt Arnold's Onkel dass, er sich keine Sorgen machen soll und er sicher in den höheren Schulen Freunde finden wird, denn sein Wissen reicht wirklich sehr weit in verschiedene Bereiche. Das macht Arnold wirklich Mut und immer nach den

Weihnachtsferien geht er in die Schule mit voller Motivation. Nach ein paar Tagen gibt er immer auf den die Schüler sagen dass, er anfangen soll moderne Sachen zu verfolgen. Danach ist er wieder der gleiche Mensch, der in Eck steht und nur ja sagt wenn es sein muss. Seine guten Noten helfen nicht um neue Personen kennen zu lernen. Jedes Mal ist er die Person von der man abschreibt wenn, eine wichtige Aufgabe zu machen war. Nachdem sagt keiner, nicht mal eine Person ein einfaches Wort, Danke. Nicht mal das können sie. Als er angefangen hat Geld für abgeschrieben Aufgabe zu verlangen, wollte sie ihn einreden dass, er nur gierig ist. Zum Glück ist Andreas ein eher populärer Junge in der Schule. Und wegen ihn verdankt Arnold, dass es noch zu keinen mobben gekommen ist. Arnold weißte mal Andreas auf dass, sein kleinerer Bruder gemobbt wurde und dass, er vielleicht irgendwas gegen denn unternehmen soll. Andreas aber entgegnete nur dass, er sich in keine Kindergarten spiele einmischen wird. Arnold würde sehr gern seinen Bruder helfen, nur… er hat ja selbst soziale Probleme. Seinen Bruder zu helfen wäre ein großer Fehler denn, er selbst hat Angst mit seinem Mitschüler zu reden. Ein falsches Wort und man kann wirklich ärger bekommen. Schauen die Lehrer auf solche Schüler? Sicherlich nicht. Wenn jemand Hilfe braucht versuchen sie nicht hinzuschauen und so zu tun als wäre alles Ok.

***

Plötzlich wie aus den nichts rief eine hässliche Mutterstimme: „Steh endlich auf!". Mit einem geschockten Gesicht ist er aufgewacht. Er war doch schon Wach? Wie konnte es passieren dass, er noch immer geschlafen hat. Schnell hebt er sich auf und steht auf. Er kann es selbst nicht glauben. Das ist nicht sein Zimmer! Was zum Heiligen bim bam ist, hier passiert! Wieso ist er in Arnold's Zimmer? dachte er sich die ganze Zeit. Schnell greift er nach Arnold's Kalender. Das Datum, stimmt. Er wirft einen Blick auf sein Schreibtsich. Das freiwillige Plus (das eigentlich nicht frei war, weil es sowieso alle machen müssten) lag auf den Tisch. Gestern war er auf keiner Party, wie konnte es passieren dass er hier lag? Bei einem Streber?! Nichts geraucht oder getrunken und wenn schon, wieso hier? Noch immer hatte er die gleiche Jeans und den gleichen Hoodie wie gestern. Nur, die Frage lies ihm nicht los. Wieso bei einer Person von die er nur abschrieb und manchmal die gleichen Videospiele spielte? Auf der Stelle beginnt er antworten zu

Suchen um weniger sich solche komischen Fragen stellen zu müssen. In dem Zimmer gibt es kein Spiegel also geht er zur Tür, aber plötzlich hört er schnelle Schritte, also bleibt er stehen. „Ralf wird es sowieso nicht bemerken, ich nehme jetzt sein Fahrrad!" schrie eine junge mädchenstimme. Seit wann hat Arnold eine Schwester, oder war es vielleicht seine Cousine? „Lass sein Fahrrad, es ist nagelneu!" schrillte ihr eine schrille Frauenstimme. Eines stand fest, die Familie hat von einer leisen Kommunikation noch nie was gehört. In einem schnellen Tempo wollte er das Zimmer verlassen und nach einem Spiegel suchen. Er war nämlich ein Comics Fan und dort kam es oft vor dass, jemand sich verwandelte oder verschwand. In der Situation kam er sich komisch vor, aber was sollte er jetzt anderes machen. Es gab keine logische Erklärung, für den Fakt, dass, er hier war. Sehr langsam öffnete er die Tür. Zur Sicherheit schaute er nach links und rechts. Niemand da. Einmal hat er bei Arnold übernachtet also weiß er ganz genau, dass, die weiße große Tür, zum Bad gehört. Als er noch nicht sein erster Schritt vor die Tür stellte, tauchte wie aus den nichts ein Mädchen vor ihn auf. Ein blondes, dünnes, in einen Weihnachts-Pulli mit braunen Augen und schönen Lächeln. „Wieso hat

Arnold von ihr nichts gesagt! Sie sieht wie ein Ängel aus." dachte er sich. Auch wenn er einmal beim Arnold übernachtet hat, hat er sie nie gesehen.

„Andreas Aicher?"

„Ehm… Ja"

"Woher kennt sie mein Namen?" fragt sich Andreas. Er musste nicht länger überlegen. Bis Jetzt war er Arnold's einziger Freund.

„Arnold hat sicher irgendwelche dummen Geschichten von mir erzählt." antwortete er sich schnell selbst die Frage im Kopf.

„Arnold hat nichts davon gesagt, dass du heute bei ihm übernachtest", sie schaute ihn fragend an.

„Die Eltern wissen es auch nicht, bitte sag ihnen nichts" entgegnete er.

„Arnold sagt immer alles den Eltern, wieso wissen sie nichts davon?"

„Weil,… Er auf einer Party ist"

„Arnold weiß nicht was spaß bedeutet"

„Ok, das stimmt. Wenn du mich nach Hause führst sage ich dir was passiert ist" sagte er in der Hoffnung, dass sie schon ein Führerschein hat, denn sie war recht hoch. (Höher als er selbst).

Ihr verunsicherter Blick sagte schon aus dass, sie mit den Deal nicht einverstanden war.

„Und gebe dir noch 10 Euro, wenn wir dort sind" fügte er schnell hinzu bevor sie wegging. Mit einem Lächeln auf dem Gesicht ging sie zuerst in ein Zimmer (das sicherlich ihr gehörte) und danach mit einer weißen Jacke in der Hand Richtung Treppe und gab ihm ein Zeichen, dass, er mitkommen sollte. Andreas rannte ihr schnell nach. Am Ende der Treppe ging es nach links und nach rechts weiter. Wenn man links abbog, konnte man die Küche und das Wohnzimmer betreten. Anderseits waren die Türen zu der Garage. Sie bogen nach rechts ab. Die Beiden gingen durch die Garagentür. Die Eltern bemerkten gar nichts. Andreas konnte sie aber nicht sehen, weil die Treppen zu weit entfernt von der Küche waren. In der Garage standen zwei Autos, ein altes, kleines rotes Fiat und ein großer, nagelneuer, schwarzer Jeep. Die Augen von Andreas strahlten als er den Jeep gesehen hat. Er erinnerte sich, dass Arnold irgendwas von einem neuen Jeep gesagt hat, aber er erwähnte nie, dass es so ein riesengroßes Auto war.

„Der…"

„Vergiss es, wir fahren mit den Roten" unterbrach sie ihm mit einer ernsten Stimme. Eigentlich wurde Andreas noch mit ihr Streiten und sie bitten, dass sie das Eine mal mit dem größten Auto dass, er jemals gesehen hat fahren, aber er wollte unbedingt schnell nach Hause. Seine letzte Idee, um das komische Ereignis zu erklären, war einfach nach Hause zu fahren und ihn anzurufen. „Wirst du jetzt den Jeep eine halbe Stunde anschauen oder kommst du mit?" fragte das Mädchen schon genervt. Er stieg schnell in das rote Auto rein, aber seine Gedanken waren jetzt bei einer komplett anderen Sache. Vielleicht war er wirklich auf einer Party, aber wieso liegt er dann in seinem Bett? Andreas wusste doch genau, dass er gestern zu Hause war und noch am Abend ein Video-Spiel gespielt hat. Manchmal las Andreas wirklich zu viele Comics aber, in den Moment wusste er nicht an was er jetzt glauben soll, an die Realität an der was nicht gestimmt hat oder an die Magie, die es gar nicht gibt wie es manche so sagen. Wie es der Opa von Andreas immer sagt: „Man sollte nicht immer auf die anderen hören". Vielleicht lügen ja seine Comics nicht so sehr wie es manche glauben. Oder ist er schon komplett verrückt geworden. Als man das Garagentor aufmachte, lag überall Schnee. Wegen dieses komischen Vorfalls mit Arnold hat er vergessen, dass es Silvester war. Er wusste nicht ob das Auto überhaupt so ein Wetter durchhalten wird. Überall war es rutschig, nass oder matschig. Das Maximale, was es fahren konnte, war 120 km/h. Jetzt bat er nur Gott, dass sie wenigstens zum Zentrum der Stadt schafften.

„Ist Arnold leicht verschwunden?" fing sie an.

„Wie heißt du eigentlich?" ihm ist nichts Besseres eingefallen.

„Ich habe zuerst gefragt" entgegnete sie, ohne die Straße aus dem Blick zu verlieren. Keine logische Lüge viel ihn ein. Er kann ihr doch nicht sagen dass, ein Monster ihn gefressen hat. Eine Weile war Stille. Das Radio spielte noch Weihnachtliche Lieder. Sie sahen schon zwei Unfälle. Wegen dieser Wetter fuhren jetzt viele langsam, aber manchmal half sogar das nicht. Arnold's Haus steht in der Tortinol Straße. Immer in Silvester ist es dort ganz still. Die Einwohner feiern immer bei jemanden anderen. Niemand weiß eigentlich wieso, aber jedes Jahr ist es immer wieder gleich. Die Schießberger sind immer die letzten die aus, denn Haus wegfahren. Die Eltern von Arnold sind immer gern zuhause. Es wäre aber, eine Schande, wenn sie am Silvester zuhause geblieben wären. Jedes nächstes Silvster hätte die ganze Straße über die Schießberger geredet. Keiner in der Straße will, dass über ihn geredet wird also gehen sie einfach aus Gewohnheit in die Stadt, zu der Familie oder Freunde. Mit jedem Jahr wurde es immer weniger Schnee. Zum Vergleich mit den anderen Städten war, aber in der Umgebung wo sie wohnten, immer Schnee. Die Atmosphäre blieb für die Leute immer gleich. Alle waren, glücklich, höflich und freundlich zur einander. Die Stille fing sie an zu nerven.

„Ich heiße Alisa" antwortete sie auf einmal. Wenn sie jetzt ihren Namen gesagt hat sollte er natürlicherweise erklären wo sich Arnold befindet.

Plötzlich fiel ihm eine Ausrede ein. „Ich wollte mit ihn Wetten, er war aber dagegen und wir haben gestritten. Dann war er einverstanden und ich glaube er ist jetzt bei mir zu Hause"

„Um was habt ihr Gewettet?"

„Dass, er niemals schaffen wird in einen anderen Ort einzuschlafen als zu Hause"

„Gut zu wissen, aber ich glaube, dass er es nicht schaffen wird auch wenn es um Geld geht"

„Darum habe ich mit ihm gewettet. Bist du seine Schwester? Ich habe dich nie gesehen"

„Ja, aber ich wohne wo anders, bin nur für Weihnachten und Silvster gekommen"

„Hat euer Onkel schon viel Feuerwerk gekauft?" hat er gefragt auch wenn er schon wusste, dass ihrer Onkel schon eine Menge davon hat.

Mit einen lachen antwortete sie:
„In fast jeden Eck in unseren Keller ist was
versteckt, aber er hat uns gesagt, dass wir
den Eltern nichts sagen sollen, sonst wird es
wieder mit den Nachbarn streit geben und
das will er jedes mal vermeinden"
„Interessant" entgegnete er obwohl er alles
schon ganz gut wusste.
Schon bald waren sie beim Ziel. Das Auto
mit den sie fuhren schaffte es bis zur Stadt.
Andreas glaubte es selber nicht. Noch ein
Moment und sie sind dort. Danach fiel in
was ein. „Das er von den ganzen Schock,
keine Jacke mit hatte!
Wie soll er raus?! Es ist -1 Grad draußen."
Sein Gehirn dampfte von den Gedanken,
was er jetzt weitermachen soll. Das
Schlimmste war dass, es vor seinen Haus
kein Parkplatz gab sondern nur ein Garten,
weil es sich so seine Mutter gewünscht hat.
Das war der schlimmste Wunsch den sie
jemals hatte. Sogar sein Vater war am
überlegen ob sie den Garten nicht an eine
andere Stelle geben sollen. Seine Mutter war,
aber dagegen und sie stritten eine halbe
Stunde, was sie machen sollen und bis heute
steht der wunderschöne Garten vor dem
Haus. Andreas's Vater hatte eine Allergie auf
Pollen. Er geht im Frühling nie aus den Haus
wenn er muss. Wenn es aber nötig ist wie

zum Beispiel in die Arbeit zu kommen, rennt er neben den Garten so schnell wie er kann und macht sich die Nase zu. Am Morgens wenn die Nachbarn in der Früh, auf ihren Balkon stehen und rauchen, schauen sie auf den Vater von Arnold und machen schiefe Gesichter als hätten sie einen Einbrecher gesehen. Immer wenn Andreas es sieht muss er lachen. Noch immer wissen die Nachbarn von seiner Allergie nichts. Der Junge glaubt dass, es so bis seinen Tod sein wird, aber wer weiß.

„Jetzt hier rechts abbiegen!" ruft Andreas, denn Alisa wäre fast in die falsche Richtung gefahren.

„Reg dich nicht so auf." meint sie.

„Bist wie Arnold." flüstert er zu sich selbst.

„Was hast du gesagt?" Alisa hat das geflüster ganz gut gehört.

„Nichts, wieso?"

„Arnold würde nicht mal aus dem Haus herausgehen. Mit ihn könntest du vergessen, dass er dich nach Hause fährt."

„Jetzt nach links abbiegen, vor den Garten dort vorne!" schrie er um sie noch mehr zu nerven.

„Wechsel nicht das Thema."

„Dort, dort!" wiederholte Andreas zu spaß und zeigte auf sein Haus wie ein kleines Kind.

„Hör auf!"

„Ich zeige dir nur den Weg und zweitens, jetzt regst du dich auf" antwortet er schnell.

„Hör auf zu reden oder du steigst raus"

„Mein Haus ist sowieso in fünf Meter."

„Dann steigt raus!" Alisa verlor die Nerven. Sie bremste stark. Von 60 km/h wurde es auf einmal Null. Mit einem bösen Blick schaute sie ihn an. Andreas wollte nicht schon heute sterben also stieg er aus, mit so einen bösen Blick wusste er nicht, was das Mädchen vorhatte. Arnold war auch immer so leicht zu nerven. Immer. Wie es aussieht, verstand sie auch kein Spaß. Die Eltern kennt er nicht, aber er hofft sehr, dass sie mehr lässiger sind als ihre Kinder. Es kann auch sein dass, sie noch schlimmer sind. Was er sich gar nicht vorstellen könnte. Wenn die Kinder von ihnen schon so empfindlich sind, wie könnten die Eltern jetzt auf den „Spaß" reagieren. Das war jetzt nicht seine größte Sorge. Sein Hauptziel war in den Moment Arnold zu finden was nicht leicht war. Er hoffte sehr stark dass, Arnold in Haus war. Sonst… Sonst wird er ein Problem mit den Schießbergern und seinen eigenen Eltern haben. So schnell wie er konnte, rannte er zur Alisa, denn ihm war auch eiskalt. Links von Garten parkte sie das Auto und stiegt in ihrer weißen Jacke aus. Um noch mehr Öl ins

Feuer zu gießen, äußerte Andreas seine Meinung über das rote Auto.

„So ein Glück, dass der Schrott es bis hier herschaffte. Schon beim ersten Meter habe ich gedacht, dass er stehen bleiben wird."

Alisa's Gesicht wurde rot. Ohne irgendein Wort zu sagen, ging sie Richtung der Eingangstür. In schnellen Schritten ging er ihr nach. Andreas klingelte und beide standen an der Tür. Nach einer Weile öffnete ihnen die Mutter von Andreas.

„Andreas! Wo warst?" fragte die Mutter verwundert. Mit einem geschockten Gesicht ließ sie die beide rein. Alisa und Andreas liefen rein. Ohne Erklärungen gingen er in sein Zimmer hinauf mit Alisa. Andreas hoffte, dass Arnold in seinem Zimmer war. Noch nie wollte er so sehr sich mit ihn treffen, außer er musste eine Hausübung abschreiben. Wenn Arnold jetzt nicht in seinem Zimmer auftaucht, wird er große Probleme haben. Riesige, sogar. Er hat sogar gesagt dass, sie eine Wette gemacht haben. Jetzt ist ihn aufgefallen, dass er die Leute vertauscht hat. Vorlauter Stress, hatte er vergessen, dass er mit einer anderen Person eine Wette gemacht hat. Mit schweren Schritten ging er die Treppe hinauf und hoffte, dass Beide drinnen sitzen. Sie wetten, dass Andreas ihm Böller für Silvester kaufen wird.

Ein Freund von ihn brauchte nämlich Geld und er wusste ganz genau dass, Andreas so was nicht kaufen würde. Andreas und sein Freund Adam waren nämlich minderjährig darum dürften sie es eigentlich nicht kaufen. Eigentlich hatte er den Plan Arnold auszunutzen, weil sein Onkel immer eine Masse von solchen Sachen kaufte. Auch wenn Arnold es jetzt erfahren wird, dass die Böller weiter gegeben wurde, wird sich Andreas freuen wenn Arnold lebend in seinem Zimmer sitzt und keine Probleme mit den Schießbergern haben wird. Einmal hatte Andreas schon Probleme mit der Familie und das will er nicht wiederholen. Alisa und Andreas standen schon bei der Tür.

„Ist es dein Zimmer?" fragte sie.

„Ja"

„Wieso hast du mit ihm überhaupt gewettet?"

Um den Smalltalk nicht weiterzuführen, öffnete er die Tür. Der Stein ist ihm vom Herz gefallen. Arnold und Adam waren in einem Zimmer. Es waren zwei sehr unterschiedliche Charackter, aber er freute sich trotzdem, dass Arnold lebte. Arnold lag unter seinem Bett und las ein Buch, in Gegensatz zu Adam der auf seinem

Computer ein Video-Spiel spielte. Sicherlich haben sich die Beiden gestritten, aber das ging Andreas null an.

„Wieso liegst du unter dem Bett?!" rief Alisa. Arnold und Adam drehten sich in denselben Moment um. Wie von den nichts tauchte Andreas Mutter oben auf und schaute was passierte. Sie hatte sich sicher noch mehr Fragen als Andreas gestellt.

„Der Idiot wollte mich schlagen!" fing Arnold an.

„Beleidige ihn nicht das ist mein bester Freund!" rief Andreas.

„Wer bist du?" gab Alisa dazu mit einem schiefen Blick auf Adam.

„Hast du wieder eine neue Freundin?" meinte Adam mit einem höllischen Lächeln. Alle Blicke richteten sich in diesem Moment auf den Andreas. Um nicht von allen angeglotzt zu werden änderte er das Thema.

„Arnold wo warst du?"

„Keine Ahnung, ich weiß nicht wie ich es sagen soll, auf einmal war ich in deinem Zimmer und danach ist noch der Schlawiner gekommen."

„Aus welches Jahrhundert benutzt du die Wörter?" lachte Adam, Arnold aus.

„Schlawiner." Wiederholte Adam leise vor seiner Nase um Arnold noch mehr zu nerven.

„Halt dein Mund, beleidige nicht mein Bruder! Und ich bin nicht mit den Scheißkerl zusammen!" schrie voller Wut Alisa, nahm dann Arnold an die Hand und ging mit ihn runter, Richtung Auto. Die Mutter stand noch immer wie versteinert. Sie hatte keine Ahnung wie sie den nächsten Satz anfangen sollte. Sollte sie jetzt schreien oder mit der jungen Dame und mit den Jungs nett reden, dass einfach aus ihrem Haus verschwinden sollen. Die nächsten paar Minuten schaute sie einfach, wie es weiter gehen wird, ohne irgendwas zu machen.

„Wieso wolltest du den Arnold schlagen?" schaute verwundert Andreas, Adam an. Nach der Antwort, dass der Streber ihn einfach schon mit seinen über klugen Aussagen nervte, schlugen sie die Tür zu und fingen an zusammen Video-Spiele zu spielen ohne sich dabei weitere Gedanken zu machen.

„Andreas wir müssen reden!" stürmte die Mutter ins Andreas Zimmer rein, denn sie wusste dass, sie mit der Sache etwas machen musste.

Adam schaute nicht von dem Computer weg und Andreas stand auf.

„Lade mein Handy auf, der Ladekabel ist in den zweiten Schrank unten" befahl Andreas und tritt aus dem Zimmer aus. Sie gingen herunter in die Küche und Adam blieb oben. Wegen den steilen Treppen die sich in seinem Haus befanden, fiel Andreas herunter. Mit dem Gesicht nach vorne flog er wie ein Vogel. Seine Mutter war hinter ihn und sah nur zu wie sein Sohn gleich zu einen Adler wurde. Ein Fuß blieb in unter den Treppen hängen, denn zwischen den Treppen gab es kleine Abstände und der Rest des Körpers fiel nach vorne. Seine Hände gab er nach vorne. Die Knie hat er gebogen. Ein Wunder ist Geschehen. Er ist in der Luft hängen geblieben. Bewegen konnte er sich. Schon hat er geschrien, aber wofür? Als er bemerkte, dass er nicht runterflog, zog er schnell sein Fuß heraus und stellte sich aufrecht. Mit einem erschrockenen Gesicht stand seine Mutter noch immer an der selben stelle, einen Fuß hatte sie, aber noch immer in der Luft. Noch immer verstand er nicht, was hier passierte. Zuerst tauschte er die Zimmer mit Arnold und danach konnte er auf einmal fliegen. Unter den komischen Umständen ging er die Treppen hinunter. Um nicht noch einmal hinunterzufallen, klammerte er seine Hände um das dunkle hölzerne Treppengeländer. Nebenbei war er auf den Weg zur Küche. Als er schon von den Treppen herunterging, schaute er auf die Uhr. Unfassbar! Die Uhr ist stehen geblieben.

Sehr schnell lief er und schaute auf die Mikrowelle. Wieder blieb die Zeit stehen. Auf den Backofen war der gleiche Fehler. Sein Handy hat er oben gelassen. Nicht zu glauben. Rasch stürmte er nach oben. Wie eingefroren stand seine Mutter noch immer an gleicher Stelle. Dieselben Stufen. Einer von ihren Füßen war noch immer in der Luft. Wie unnormal das war, konnte er nicht beschreiben. Andreas eilte zu seinem Zimmer. Um noch mehr sicher zu sein, wollte er auf andere Technologische Geräte. Das konnte ja nicht wahr sein. Als er schon bei der Türe war konnte er… sie nicht aufmachen! Was passierte hier gerade, fragte er sich. Er klopfte, rieß oder knallte an die Tür, aber nichts half. Wie konnte es passiert sein! Sofort probierte er die andere Türen aufzumachen. Wieder und wieder kein Erfolg, heißt es jetzt, dass er in seinem eigenen Haus eingesperrt war? Die Frage wollte er sich nicht beantworten. Zum ersten Mal hatte er so Angst in seinen Leben. Runter um ihn hörte man gar nichts. Nur Stille. Auch wenn seine Mutter ihr Mund offen hatte, gab sie kein Laut aus sich. So was hatte er bisher nur in Filmen gesehen. „Mama, hallo?" Andreas wollte sehen ob sie noch kontaktiert.

„Hörst du mich?" wieder nichts. Es kam ihm komisch vor, aber er fing an vor ihr zu springen und mit den Händen zu schütteln. Keine Reaktion. Einfach Außergewöhnlich. Danach flitzte er nach unten. Noch immer stand auf der Uhr, Mikrowelle und den Backofen, die gleiche Uhrzeit. Ein paar Minuten schaute er die Uhr an und bewunderte das Wunder. Er bemerkte danach, dass ein Fenster in der Küche nach oben gekippt war. „Die Hoffnung stirbt zu Letzt" dachte er sich und rannte zu den Fenster. Wegen seinen Schuhen rutschte er aus. Seine Bänder hat er nicht zu geschnürt. In letzten Moment wollte er noch stehen bleiben und sie zuschnüren, aber stattdessen fiel er ganz genau auf sein Gesicht. Demnach wurde er bewusstlos. Eine Weile lag er auf dem Boden.

„Geht's dir Gut. Ist dir nicht passiert?" fragte seine Mutter, die plötzlich hinter ihn Stand. Plötzlich wachte er auf. Noch immer war er auf den Boden. In der Küche. Sein Gesicht drehte er zu seiner Mutter um. Sie erschrak. „Was…"

„Du hast dir deine Nase gebrochen!" unterbrach sie ihn. Andreas stand auf und sah ein rotes Fleck auf der Stelle, wo er gelegen ist. Fast kippte er ein zweites Mal um, denn er hatte Angst vor Blut. Um es noch nicht mehr Schlimmer zu machen, nahm sie ihm an den Arm und zog ihn Richtung Garage.

„Bleib hier! Ich hol die Schlüssel bin gleich da!" Sie war außer sich. Noch nie hat er sie so gesehen. Immer war sie die Letzte, die in Panik gerat. Auf jeden Fall wollte er jetzt sein Gesicht nicht in einen Spiegel sehen. Überall wo er sein Gesicht berührte, war Blut. Sicher hat es ausgeschaut, als hätte er in einen Horrorfilm mitgespielt.

„Wie ist es dazu überhaupt gekommen? Wie lange lag er dort auf den Boden. Vor allem, wieso war seine Mutter auf einmal neben ihn?" fragte er sich. Für die alle Fragen hatte er keine logische Erklärung. Sicherlich wird er jetzt auch keine Antworten finden. Wegen der Situation hatte er jetzt ein Wirbel in Kopf. „Vielleicht erinnert sich seine Mutter an irgendwas." dachte er sich. Solche Sachen hatte er letzten nur in Comics gesehen oder gelesen. Kein Mensch könnte sich jetzt logisch erklären können, wie es geschehen ist. Andreas wusste, dass die Sache etwas mit Arnold zu tun hat. Noch bis jetzt hatte er keine Ahnung wie er das Ganze angehen soll, aber wenn sein Gesicht nicht mehr, wie von einem Zombie aussehen wird, war sein nächstes Ziel, zum Arnold zu gehen. Er selbst wird es ja nicht herausfinden, aber mit dem Streber konnte er alles. Vielleicht wird er noch berühmt, wenn er das Wunder dann den anderen Leuten erklären kann. Es war eine niedrige Chance für so was, aber wer weiß, womöglich kann er ja ein Wunderkind sein. Es kann ja sein dass, das Schicksal genau ihn auserwählt hat. Das Traurige an der ganzen Sache war, dass er es niemanden erzählen konnte, denn niemand würde es ihn überhaupt glauben. Noch dazu hätte sie ihn die anderen noch ausgelacht, was er nicht zulassen konnte und kann. Zu der Zeit ist er ein von den beliebtesten Schülern! Das weiß jeder. Manche sagen nur, dass er ein Egoist ist. „Das stimmt aber nicht!" denkt er sich jedes mal. In einigen Fächern ist er der Beste. Es gibt, aber auch solche Unterrichtsfächer wo er bei Arnold abschreiben muss. Viele sagen, dass er ihn ausnutzt, aber seine Ausrede ist immer, die Selbe. „Er hilft mir nur kurz" antwortet er immer.

„Ich bin schon da!" rief seine Mutter lauthals.

„Hast du gesehen wie ich runterflog?" fragte er sie schnell um sich das Geschehen ein bisschen erklären zu können.

„Ja! Es war schrecklich! Ich bin rasch heruntergelaufen um dir zu helfen! Zum Glück ist dir nichts passiert." Mit den Schock auf dem Gesicht sah man, dass sie es wirklich erlebt hat. Andreas konnte sich es aber nicht erklären wie. Noch ganz genau vor ein paar Minuten sah er, wie ihr Gesicht auf keine Sache reagierte und nachdem erzählt sie ihn eine Geschichte die gar nicht passierte. Ob sie dasselbe gesehen haben, war er sich nicht sicher. In diesem Moment gingen beide Schnell zum Auto. Seine Mutter nahm ihre Tasche, hielt ihm fest und ging Richtung ihres Autos. Was er komisch fand war, dass sie ihr Handy nicht mitgenommen hat.

„Wieso hast du dein Handy nicht mit?" fragte er mit einer schwachen Stimme.

„Der Akku ist leer"

  In diesem Moment dachte sogar seine Mutter nicht logisch nach. Sie konnten es aufladen, aber sie wohnten in der Stadt also hatten sie ortsnah ein Krankenhaus. Sie gingen schnell neben der Wand damit sich Andreas an irgendwas halten kann. Links hatte er seine Mutter und rechts die graue Wand. In diesem Moment brauchte er nichts mehr. Weil er so schwach war mit seinen „Zombie" Gesicht und ständig herausfliesenden Blut. Mit dem Schlüssel öffnete sie die Haustür und ging mit ihm hinaus. Er füllte sich sehr schwach. Einfache Schritte wurden zu schweren. Als er sich die

Hand über das Gesicht wischte, sah er danach keine Hautfarbe mehr, sondern nur dunkles rot. Plötzlich kippte er um. Seine Mutter half ihn aber aufzustehen.

„Noch ein paar Schritten und wir sind dort" tröstete sie ihn. Andreas sah fast nichts, aber die Sorgen seiner Mutter konnte er nicht übersehen. Das Auto ist grün, deswegen verschwamm es in Andreas Augen, zum Glück, aber war er nicht allein. Sie öffnete ihn die Tür, als sie schon bei dem Auto waren und mit zitterten Füßen stieg er rein. Andreas musste nur ein paar Meter überleben und schon wären sie dort. Noch mehr war er in Schock als er sah, dass seine Mutter so über die Straße flitzte. Es war nicht zu beschreiben, wie er sich füllte. Das konnte man mit einer Schildkröte, die sich in einen Gepard verwandelt, vergleichen. Wenn Andreas es seinen Vater erzählt hätte, hätte er es ihm nicht geglaubt, aber er selbst könnte nicht zum Überzeugen sein. Jedes zweite Mal verreißte sie das Auto. Sein Körper wusste jetzt nicht, ob er gleich bewusstlos sein oder speien anfangen soll.

„Wir sind gleich da!" heiterte sie ihn auf, bei jeder Kurve.

Antworten konnte er noch immer nicht, weil sein Hirn jetzt gar nicht dazu die Kraft hatte.

„Lebst du da hinten?" als sie nach hinten sah, nickte er nur mit dem Kopf. Noch nie im Leben war im so schlecht. Plötzlich schrie sie: „Wir sind da!" Ihr lächeln war so breit, als hätte sie jetzt in Lotto gewonnen. Sie lief schnell nach hinten und öffnete seine Tür und half ihn aus dem Auto herauszukommen. Es war für ihn wie ein Parkour, aber er hat es mit ihrer Hilfe irgendwie geschafft. Das erste Ziel wurde erreicht. Das zweite Ziel war, zum Krankenhaus zu gelangen. Wie er es schaffen sollte, wusste er selbst nicht. Einiges hat er in Leben an schweren Sachen gemacht, aber das war wirklich was Anderes. Sein Gesicht tat ihn mit jeder Minute noch mehr und mehr weh. Ihn war jeden zweite Schritt schwindelig und noch dazu hat es angefangen ihn in den Ohren zu piepsen, was er bisher noch nie hatte. Plötzlich übergab er sich und fiel um.
„Hilfe!" schrie seine Mutter ohne nachzudenken. Irgendwelche Ärzte die gerade eben ihre Pause angefangen haben und mit ihrem Kaffee aus dem Krankenhaus rausgegangen sind, flitzten gleich zur Andreas geschockten Mutter. Sie halfen ihr, ihn zu heben. Alle gingen in Richtung des Krankenhauses. Schon ab diesem Moment konnte er sich nicht erinnern, was so richtig

passierte. Seine Augen öffnete er erst als er schon in einem Bett lag. Es war genau das Gegenteil von Gemütlich. Zur selben Zeit als er seine Augen aufmachte, lies seine Mutter ein dickes Buch neben ihm. Das Zimmer war generell sehr klein, aber für zwei Personen war es eine ausreichende Größe. Alles war weiß, was ihn richtig störte. Er könnte nie in einem Krankenhaus arbeiten. Das Blut, der Geruch von Desinfektionsmittel und überall die weiße Farbe, die dort überhaupt nicht passte. Es war einfach nicht der richtige Ort für ihn. Er hatte an alle Beileid, die ihr restliches Leben dort verbringen müssen oder müssten.

„Andreas?" fragte seine Mutter unvermittelt. Leicht öffnete er seine Augen wieder. Ein paar Mal blinzelte er mit den Augen um schärfer sehen zu können.

„Wieso hast du nicht die Rettung angerufen?" fragte er leise. Noch immer fühlte er sich schwach, aber er wollte die Stille unterbrechen.

„Das hast du mich schon gefragt." antwortete sie mit einem Lächeln. Das logische Denken war zu der Zeit nicht seine Stärke. Als seine Mutter ihn anfing, alles zu erklären, wie geschockten sie war und gleich reagieren wollte, schlief er schnell ein. In der Schule funktionierten die Erklärungen des

Lehrers genauso auf ihn. Seine Aufmerksamkeit konnte man nicht so leicht kriegen.

„Hast du mir überhaupt zugehört?" fragte sie.

„Ja, sicher."

„Was habe ich den Gesagt?"

„Wieso du nicht die Rettung angerufen hast."

„Und?"

„Was und?"

„Du hast mir also nicht zugehört."

Als sie schon wieder anfing ihm zu erklären über was sie geredet hat, machte er wieder die Augen zu und schlief ein.

***

„Wieso bist du mit ihn befreundet und wieso warst du in seinem Zimmer?" brüllte Alisa, Arnold an.

„Ich weiß es nicht, ich bin dort aufgewacht und zweitens, er kann ein netter Mensch sein." verteidigte er ihn. Das Wunder konnte er ihr nicht erklären. Sich selber konnte er sich es auch nicht erklären, auch wenn er die besten Noten in Physik und Chemie hatte. Eine Erklärung hatte er für sich, aber die fast unmöglich war.

„Ob sein Werk von irgendeiner Person benutzt wurde?" die Frage war nur in seinem Kopf. Arnold wollte ja, die erste

Person in der Stadt und Dorf werden die Bekannt hier wurde. Es war eine schwere Aufgabe, aber sein Willen war stärker. Niemand wusste noch davon, die Eltern wurden ihn auslachen, in der Schule würde das Gleiche passieren.

„Warum hat er dich geschlagen?" fragte sie ihn mit einer ruhigen Stimme.

„Weil ich einfach, ich selbst war, was die anderen nicht akzeptieren."

„Sag nicht so ein scheiß! Das war nur ein dummer Mensch, der nur Leute beleidigen kann."

„Und was wenn ich wirklich komisch bin?"

„Denk nicht so!"

Nach diesem Gespräch war eine Stille im Auto. Die Meinungen von den Geschwistern waren anders. Man konnte sie nicht vergleichen, alle waren anders. Arnold wusste, dass er ein Außenseiter war, schon immer und seine Schwester sagte ihm jedes Mal, dass er nicht so denken sollte. In Vergleich zu seinem Bruder, war seine Schwester natürlich netter zu ihn und immer wollte sie, dass er nicht über sich so schlecht denkt auch wenn sie manchmal viel gestritten haben. Mit seinem Bruder hat er nur manchmal Video-Spiele gespielt und sich Rock Musik angehört. Arnold schaute aus dem Fenster. Der Schnee rieselte noch immer. In Radio haben sie gesagt, dass es am Abend vielleicht regnen wird, aber das wird sicher die Leute nicht aufhalten, mit dem Feuerwerk in der Nach zu schießen. Sein Onkel wartet auf diesen Moment, das ganze Jahr. Auf den Silvester. In den roten Fiat war die Klimaanlage fast kaputt, darum betete er Gott, dass sie endlich zu Hause sind. Da bemerkte er nach der ganzen Sache, dass er nur ein Pullie anhatte. Nach der Fahrt, in der Arnold fast erfror, gingen sie nach Hause und machten sich einen Kakao. Noch schnell wollte er nachschauen ob seine Erfindung am gleichen Platz war, aber die Schwester und seine Mutter überredeten ihn, dass er zuerst das Kakao austrinken sollte. Von der Erfindung wussten sie nichts, die Ausrede konnte er sich eigentlich sparen, weil er wusste, dass sie sowieso nicht nachgeben wurden. „Ein Buch fertiglesen" war sowieso die blödeste Ausrede die ihn gerade einfiel und die er auch sagte.

„Ich war beim Andreas." Was ja eigentlich stimmte.

„Wieso hast du nichts gesagt?" fragten sich die Mutter, die ja genau wusste, dass es ein Wunder war, wenn Arnold freiwillig aus dem Haus ging.

„Ich habe bei ihm ein Buch vergessen."

„Hat er sicher nicht abgeschrieben?" seine
Mutter war empfindlich auf diesen Punkt.
„Nein, wieso sollte er, wir haben sowieso
keine Hausübung über die Ferien
aufbekommen."
„Das ist gut."
„Schmeckt dir das Kakao?" Arnold schaute
auf Alisa.
„Ich habe zu wenig Zucker hineingegeben"
lästerte sie.
„Ich glaube, ich auch"
„Weil wir keinen Zucker mehr zu Hause
haben, gleich fahre ich sowieso ins Geschäft,
soll ich euch was kaufen?" die Mutter ging
aus der Küche, um ihre Tasche zu suchen.
Alisa schaute ins Handy und Arnold dachte
nach. Er saß mit seinem Kakao da und
dachte über den Tag nach, was noch
passieren könnte. „Es kann sicher nichts
mehr Komisches passieren." dachte er sich,
aber ob das stimmte. Plötzlich kam ihm die
brillante Idee. Er wird Andreas fragen ob er
es auch so erlebt hat. Sie werde sich sowieso
in der Stadt treffen. Irgendwie musste er in
sein Zimmer gelangen. Vielleicht hatte er die
gleiche Situation. Das wäre unglaublich.
Dafür gab es, aber nur ein Prozent Chance.
Den einen Prozent Hoffnung wollte er aber
nicht aufgeben.

„Danke für das Kakao." Er stand auf und gab den Becher in den Geschirrspüler. Seine Schwester glotze noch immer in ihr Handy. Als wäre sie hypnotisiert.

„Bitte." antwortete sie, ohne auf ihn zu schauen. Im Laufen war er nicht gut. Ohnehin musste er sprinten, auch wenn es beim ihm eher wie galoppieren aussah, um keine dummen Fragen von seiner Mutter zu bekommen, was sie noch kaufen sollte. Als er es in sein Zimmer schaffte, ohne irgendwelche Fragen beantworten zu müssen, schloss er die Türen und suchte seine Erfindung. Schon immer wusste er, dass er es niemanden zeigen konnte, denn manche hätten es ausgenutzt oder ihn ausgelacht, wenn es nicht in diesem Moment, den sie wollten, nicht funktioniert hätte. In seinen Schrank war Ordnung nicht an der ersten Stelle. Seine Mutter sagte auch manchmal, dass er hier einen richtigen Saustall hat. Auf jeden Fall sah er schon in sein Leben ein größeres Chaos. Nur, das richtige Chaos, wird erst anfangen, wenn seine Erfindung von ihm in einem Universum oder jetzt benutzt wurde. Unter seinem Gewand, alten Laptop, CDs mit Rock Bands, Spielzeugen, die schon längst weg geschmissen gehörten, Büchern von seiner Tante die einfach fatal und langweilig sind und noch vielen andere Sachen, an die er sich nicht erinnern wollte. Mit seinen ungeschickten Händen suchte er nach der Maschine, aber nach ein paar Minuten konnte er sie noch immer nicht finden. Sein Puls stieg, den er hatte mit jeder Sekunde noch mehr und mehr Angst das sie nicht da ist, dass jemand seine Erfindung gestohlen hat. Sie sah auch interessant aus, seiner Meinung nach, also wäre es keine Überraschung für ihm, wenn es sich jemand das Werk anschauen wollen würde. In diesem Moment rutschte ihn das Herz in die Hose, er konnte es nicht finden. Da fiel in was ein. Vielleicht war es noch in der Garage. Letztens als er das Ding noch in der Hand hatte, arbeitete er daran unten, also bestand die Möglichkeit, dass es noch dort war.

„Ich glaube wir werden uns mit den Aichern nicht treffen" Arnold sprang auf. Wegen der Maschine war er so vertieft in seinen Gedanken, dass er vergessen hat, dass er nicht alleine zu Hause war.

„Warum?" Arnold war nie ein neugieriger Mensch. Immer beschäftigte er sich mit seinen Sachen, aber das Treffen mit dem Andreas war jetzt für ihn sehr wichtig so wie die Maschine zu finden.

„Andreas liegt jetzt in Krankenhaus, weil er sich die Nase gebrochen hat und viel Blut verloren hat. So ein Pech für die Zwei. Jetzt sitzen sie beide in Krankenhaus und wissen nicht, wie lange sie dortbleiben."

„Kann ich ihn besuchen?"

„Adel hat gesagt, dass Andreas die ganze Zeit schläft, aber ich kann sie fragen, ob du kurz vorbeikommen kannst, weil sie gemeint hat, dass er manchmal aufwacht"

„Danke" Arnold stellte sich in diesem Moment noch mehr Fragen, denn wieso liegt Andreas jetzt in ein Spital mit seiner Mutter, aber Hauptsache er kann ihm besuchen.

„Arnold ich habe mir gedacht, dass du mit uns zu den Nachbarn…"

„Ich habe dir schon gesagt das ich mir mit meinen Freunden schon was ausgemacht habe, es geht nicht" Man sah auf ihrer Gesicht Enttäuschung und Wut zugleich. Plötzlich klingelte das Handy seiner Mutter. Sie ging aus seinem Zimmer und schloss die Tür. Die Gespräche mit der Familie sahen bei ihm eigentlich immer so aus. Er füllte sich in der Familie immer überflüssig. Jedes Mal waren es nur „Ja- Nein" Fragen, weil das andere, immer die Eltern für ihm bestimmten. Seine Meinung war vielen Personen egal.

„Wofür ein freies Land wenn ich sowieso kein Recht habe?" fragte er sich selbst jedes mal. Entscheidungen war für ihn ein unbekanntes Wort, dass er gar nicht oder fast nie benutzte. Manchmal hatte er das Gefühl, dass sogar seine Eltern in als „Streber" und „Loser" sehen. Wenige Freunde hatte er in Leben, aber es waren sowieso Personen vor die er seine Meinungen über die Welt nicht verbergen musste. Mit den nachdenklichen Gedanken suchte er weiter in seinen Schrank um die Erfindung zu finden. Letztendlich gab er auf und hoffte, dass die Maschine ohne einen Kratzer oder sonstiger Beschädigung unten lag. Nach ein paar Minuten die er mit dem Aufräumen des Schrankes verbrachte, ging er nach unten. Arnold blieb vor seiner Tür stehen und belauschte das Telefongespräch seiner Mutter. In ihrer leiseren Stimme konnte man ein Weinen hören. Ohne irgendein Geräusch zu machen, machte er die Türe von seinem Zimmer leicht auf und hörte genau hin mit wem jetzt seine Mutter redete. Er setzte sich auf dem Boden und probierte so still zu sein, wie es nur ging.

„Geht es ihn gut?" seine Mutter sprach auf Englisch also musste das irgendein Zusammenhang mit seinem Vater haben. Seit vielen Jahren arbeitete er im Ausland und schon vor ein paar Tagen sollte er für Weihnachten kommen. Komischerweise hatten sie mit ihn kein Kontakt seit Oktober den, da hatte er Geburtstag. Jedes Wochenende rufte seine Mutter ihn an, aber niemals hob er ab. Sie dachte sich jedes Mal, dass er vielleicht sehr beschäftigt ist und probierte es nächstes Mal.

„Wann kann ich ihn Besuchen?!" schrie sie auf einmal. In der Stimme konnte man sehr viel Trauer hören. Eine andere Stimme wollte sie beruhigen, aber es gab in diesem Moment keine Sache die sie beruhigen könnte, außer ihre Frage zu beantworten. „Wir wissen selber nicht wie lange es noch dauern wird. Wir haben es vor kurzem erfahren." Die weiteren Informationen, die durch das Handy ausgesprochen wurden, waren mit jeder Sekunde schlimmer und schlimmer.

„Es kann ein Jahr, aber auch ein Monat sein." Arnold hoffte, dass die unbekannte Person nicht über sein Vater sprach. Und auch wenn er in Englisch nicht fließend sprechen konnte, war er ihm verstehen von Wörtern der Beste in seiner Klasse.

„Sein Leben ist wirklich gefährdet" sagte die Stimme durch das Handy.

Unerwartet brach seine Mutter das Gespräch ab. Man hörte genau wie sie sich auf den Boden legte und weinte. Das Handy fing an zu klingeln, aber sie hob nicht ab. „Du hebst das Handy nicht auf!" schrie sie. Alisa wollte sicher noch mehr Informationen wissen, aber für die Mutter war es zu viel. „Zuerst Andreas im Krankenhaus. Danach er. Wird noch irgendwas am Silvester tragisches passieren?" die Frage wollte er sich nicht beantworten. Jetzt wissen es alle, außer seinem Onkel, Alex und sein Bruder, Ralf. An seinen Bruder hatte er komplett vergessen. Sein Bruder! Er sollte jetzt abgeholt werden, denn sein Training endet in fünf Minuten. Nur wie sollte er's sagen, wenn alle jetzt in Trauer sind. Mit den Auto waren es 15 Minuten dort hinzufahren und mit seinen Fahrrad 30 Minuten. In so einer Situation kann er eigentlich noch warten, dachte sich am Schluss Arnold und schlich sich nach unten. Beide, Alisa und seine Mutter, saßen auf den Boden und umarmten sich. Arnold stand da auf den Treppen und schaute zu. Was sollte er anderes machen, noch nie in sein Leben umarmte er sich mit jemanden. Umarmen war für ihn was, komisches. Die Trauer sah man, aber von der Weiten. Selbst konnte er sich das Gefühl nicht erklären. Es… tat einfach weh. Auch wenn er sein Vater nur 3-mal in Leben gesehen hat, oder vielleicht mehr, aber es war sowieso eine wichtige Person. Seine Schwester hat ihn mehrmals gesehen, denn als sie geboren wurde, arbeitete er noch in der Heimatstadt. Das ist wirklich ein schwerer Moment für die Beiden. Arnold wusste nicht mal, was er sagen sollte. Ein paar Minuten saß er nur auf der Treppe und schaute auf sie. Er hatte kein Plan für sein Leben. Der ganze Silvester wurde in einer Stunde zerstört. Auch wenn er mit den Freunden jetzt feiern, wurde das nicht, das Selbe sein. Auf einmal stand seine Mutter auf und kündigte, dass sie nach England fahren wird.

„Ich fahre mit!" ergänzte Alisa.

„Auf keinen Fall!"

„Er ist mein Vater."

„Es dürfen in den Zimmern sowieso nicht mehr als eine Person drin sein."

„Für eine Tochter können sie doch eine Ausnahme machen."

Der Streit begann. Arnold wusste, dass es jetzt eine ganze Ewigkeit sein wird bis es wieder zu einem „normalen" Gespräch kommen wird. In der Zeit ging er nach oben und rief seine Freunde an.

„Ich komme nicht, es ist was Wichtiges passiert." fing er an.

„Bitte komm, du hast die besten Böller."

Noch immer wusste er nicht, ob sich die

Freunde mit ihn oder mit seinen Raketen
und Böller treffen wollten.
„Es ist was Wichtiges, ich kann nicht"
„Nur eine Stunde"
„Andreas wird auch nicht kommen."
„Wieso?"
„Er liegt im Krankenhaus."
„Was hat der gemacht?"
„Ist von der Stiege runtergefallen."
„Der hat ja wirklich nichts im Gehirn."
Es war sehr schlimm, dass sich alle so
beleidigen, stellte er fest. „Wieso beleidigen
sich die Leute so?" fragt er sich selbst. Muss
man zum jeden so gemein sein. Es ist einfach
unvorstellbar, was die Leute hinter deinen
Rücken sagen können.
„Kommst du jetzt oder nicht?" der Freund
wollte nur, dass Arnold die Frage
beantwortet.
„Nein, ich kann nicht kommen." Nach der
Antwort legte der Freund auf. Arnold
wusste genau, dass es so passieren wird. Es
war wirklich schlimm, dass die Gesellschaft
so ist. Nach dem Gespräch wusste er jetzt
das es sich nur um die Raketen und Böller
handelte. Man konnte sich in der Welt nur
sich selber trauen. Waren es wirkliche
Freunde. Viele Personen nutzten ihn nur für
Noten aus, das wusste er ganz genau. In
jeden Moment, aber dachte er das die

Mitschüler ihn mehr respektieren werden. Nicht immer waren es Personen, die zu ihn nicht nett waren, aber er hoffte, dass er damit nicht ausgelacht wird. Er freute sich, dass er nicht wie sein Bruder ausgelacht wird. Es tat ihm leid, aber er freute sich sowieso das er nicht so ein Unglück hat wie er. Man hört es nicht oft, aber Mobbing ist in fast jeder Klasse. Nicht alle geben es zu. Es ist aber tragisch, wie manche leiden müssen, wie zum Beispiel sein Bruder. Ganz vertieft in den Gedanken vergaß er, dass die Stimme überhaupt so traurige Information vor ein paar Minuten gesagt hat. Das nächste traurige in der Welt. „Wieso müssen Leute sterben?" dachte er sich. Wie aus den nichts tauchte seine Schwester auf.

„Hast du's gehört?"

„Ja"

Sie lief zu ihm, umarmte ihn und fing an zu weinen. Ein Satz hat sich in seinen Kopf gebildet, aber er wusste, dass es nicht die perfekte Zeit dafür ist. Schlimmer konnte das Jahr für ihn nicht enden. Die einzige Hoffnung hatte er nur, dass das nächste Jahr nicht mit noch schlimmeren Sachen anfängt. Alisa trottete aus den Zimmer. Viele Tränen kullerten ihr über die Wange. Sicherlich holte sie ein paar Taschentücher. Arnold blieb jedoch in seinem Zimmer. Er wollte mit seiner Schwester reden, aber noch immer wusste er nicht wie er anfangen sollte. Ganz ernst, friedlich, traurig oder eher mit einem Lächeln auf dem Gesicht. Ohne nachzudenken nahm er sein Handy und probierte Andreas anzurufen. Nach ein paar Proben gab er auf. Die Geduld war nicht seine Stärke. Nur das war sehr seltsam den Arnold wusste, dass Andreas immer sein Handy überall mitnimmt, sogar auf's WC. Danach ist ihn, aber eingefallen, dass sein Freund im Krankenhaus lag und sicher nicht die ganze Zeit am Handy sein durfte. Auf jeden Fall wollte er aber wissen, was genau geschehen ist. Andreas ist sehr sportlich und Arnold hatte keine Idee wie, der Vorgang genau aussah.

„Sie holt jetzt Ralf ab. Ich hoffe sie wird es ihm sagen." Auf einmal stand seine Schwester wieder neben ihm. Beide wussten, dass ihre Mutter nicht über solche Themen gern redet. Alle haben ein Schwachpunkt. Es gibt mehr empfindlichere und weniger empfindliche Menschen. Die Mutter von den Beiden, war sehr empfindlich auf vielen Feldern. Bis zur 3 Klasse Mittelschule glaubte Arnold, dass es den Weihnachtsmann gegeben hat. Erst sein Onkel verschüttete die Bohne und sagte Arnold's Mutter, dass er mal im Radio gehört hatte, dass ein Kind, ein Geschenk über ein tausend Euro bekommen hat.

„Ich hoffe wir müssen es ihm nicht sagen." werft Arnold ein.

„Willst du mitfahren?"

„Zum Vater?." er war sich nicht sicher und Alisa fing wieder an zu weinen als sie nur das Wort hörte. Ein Moment lang standen sie wieder da und Alisa umarmte ihn. Seine Schwester hat ihn fast mit der Trauer angesteckt. Arnold war, aber nicht die Person, die lange verzweifeln wollte und das nächste Mal probierte er nach unten zu gehen und die Maschine zu suchen.

„Ich komme gleich." Wenn nicht in diesem Augenblick, dann wurden sie hier bis gestern gemeinsam stehen und weinen.

„Wo gehst du hin?"

„Ich mache mir noch ein Kakao, willst du auch ein?" keine bessere Ausrede fiel in ein. Sie schüttelte mit dem Kopf und ging in ihr Zimmer.

„Ich komme gleich." Antwortete sie, ohne auf ihm zu schauen. Blitzschnell flitzte er nach unten, denn er hatte nicht viel Zeit. Natürlich hielt er sich an den Handlauf. Am denselben Tag wollte er nicht, so wie Andreas, im Krankenhaus landen. Als er schon fast an der Garagentür stand, schrie sie:

„Welches Kakao nimmst du?"

„Das in der gelben Verpackung." Sie hatten im Haus mindestens 3 verschiedene Kakaos immer offen und bis heute weiß niemand wieso, weil sie immer gleich schmecken. Er fing an, auf sich selbst wütend zu werden, weil mit jedem Schritt lenkte er sich selber ab. Endlich als er schon das Kakao und die Milch dazu vorbereitet hat, natürlich in gelber Verpackung, ging er in die Garage hinein. Im Suchen war er nicht gut. Noch nie im Leben geling es in ein Puzzle zusammen zu setzen, aber darum ging es jetzt nicht. Immer suchte er von oben nach unten. Ob seine Taktik gut war, wusste Arnold selbst nicht, aber so viel Zeit zum Nachdenken und Suchen hatte er nicht. Mit jeder Minute oder sogar Sekunde wurde er noch mehr und mehr verärgert und aufgeregt. Die Maschine war, dass einzige, was er der Welt zeigen konnte, dass irgendwas unglaubliches in seinem Leben gemacht hat. „Das konnte nicht der Moment sein wo es einfach verschwunden war" dachte er sich. Eine Unruhe fing in seinem Kopf an. Solche Gedanken wie: „Ich werde es nicht mehr finden" tauchten auf. Auf jeden Fall wäre eine positive Einstellung, jetzt nicht schlecht. „Sicher hat es jemand schon in der Zukunft benutzt." Derartige Sätze hätten ihm sicher mehr Motiviert. Er hatte nämlich eine derart Zeitmaschine gebaut. Die eher mittelgroß war. Nicht tonen schwer, aber auch nicht federleicht.

„Arnold!" schrie plötzlich eine nervige Schwesterstimme. So schnell wie es nur ging, rannte er Richtung Köche. Als er schon dort ankam, sah er als Alisa denn Topf putzte, in den er die Milch warm machte. Schon oft ist ihm passiert, dass die Milch ausrann.

„Die Mama sagt dir immer, dass du dastehen und auf die Milch aufpassen sollst und was machst du? Gehst irgendwo ins nirgendwo. Du putzt das und ich den Topf." Sie zeigt auf ein großes weißes Fleck auf der Induktionskochfeld.

„Sie wird gleich da sein. Mach's schnell!" Arnold nahm irgendein Lappen und wischte über die Stelle ab.

„Schneller!" sie war keine geduldige Person.

„Wo warst du eigentlich, hast du nichts Verbranntes gerochen?" fragte Alisa.

„Hatte im Wohnzimmer ein Buch liegen gelassen und wollte es fertiglesen." In Ausreden war er nie gut, aber sein Freund, Andreas, war ein Meister in der Sache und half ihm manchmal, wenn es sein musste.

„Man konnte es schon von oben aus riechen, hast du schnupfen?"

„Kann sein. Keine Ahnung." Die Schwester schaute auf ihm schief.

Beide standen da und putzten die Sachen. Alisa war schon sehr verärgert, weil es schon das nächste Mal war, als sie ihren Bruder helfen musste. Sie machte es doch nicht freiwillig. Die Mutter wollte die Zwei immer so erziehen, dass sie immer als ein Team arbeiten. Es funktionierte nicht immer oder besser gesagt nie, aber immer wenn sie zu sah machten sie so wie sie es wollte, um kein Schimpf zu bekommen. Und das Schimpfen war immer lang. Sie erklärten ihnen danach, was sie besser machen können. Es dauerte sehr lang bis sie aufhörte zu reden. Um sich die Zeit zu sparen, machten sie es einfach so, wie sie es sich wünschte, darum auch mussten sie jetzt die verbrannte Milch schnell weg putzen um kein langes Dialog mit ihr zu führen müssen.

„Es ist noch nicht fertig!" Arnold wollte schon weggehen, aber seine Schwester war immer sehr genau. Jedes Zentimeter hatte sie im Auge und jeder Schmutz würde ihr jetzt auffallen.

„Du übertreibst jetzt!"

„Stimmt nicht! Schau her!"

„Es ist sauber!" auf jeden Fall hatte er in diesem Moment keine Lust mehr auf einen Kakao. Es hat nämlich ein Streit begonnen.

Sie konnten sich in dem Haus wirklich nicht normal kommunizieren. Es war unglaublich wie sie sich nicht verstanden haben. Die Beiden kennen sich seit immer, haben unter einem Dach lange Zeit gewohnt und sowieso gibt es wieder und wieder mal Streite. Wie aus dem nichts hörte man schon wie das Auto ihrer Mutter schon fast in der Garage parkte. Alisa sah ganz genau, dass Arnold denn Milchfleck nicht wegputzen konnte.

„Ich sage einfach, dass du es warst ich werde da sicher nicht mithelfen."

„Sie wird dich sowieso dazu zwingen." Arnold wusste schon, dass er es nicht selbst machen wird.

„Und zweitens du wolltest auch ein Kakao.", dass sollte er eigentlich nicht sagen, weil seine Schwester jetzt auf ihm noch mehr wütender sein wird. Ganz sicher war es ihm das aber egal.

„Ich gehe jetzt auf die Toilette und du sagst ihr was passiert ist." Danach verschwand sie und er blieb mit den Lappen in der Hand alleine in der Küche stehen. Ihm blieb nichts Anderes übrig als zu putzen. Mit aller Kraft probierte er es weg zu bekommen, aber es ging einfach nicht. Plötzlich trottete die Mutter und sein Bruder in die Küche hinein. Vom Gesichtsausdruck sah man, dass die Mutter sehr deprimiert war. Wegen der ganzen „Kakaogeschichte" und „Erfindungssuchgeschichte" vergaß er, von der traurigen Nachricht von seinem Vater. Natürlich dachte er noch daran, aber nicht so sehr stark wie seine Mutter, um nicht den ganzen Silvester depressiv zu werden. Seine Gedanken schwebten noch immer an dem Telefonat, aber er suchte sich einfach immer Aktivitäten die ihm spaß machten. Mit jeder traurigen Nachricht ging er so um. Er wollte sie einfach schnell vergessen, um nicht den ganzen Tag, die ganze Woche oder sogar ein ganzen Monat zu trauern. Jedes Mal wusste er, dass es keine gute Idee war, so die traurigen Informationen zu vergessen, aber er ging dem Motto, immer positiv zu denken, nach, weil nur, das half ihm immer. Als die Mutter und sein Bruder in die Küche reingingen bemerkten sie gar nicht was Arnold da überhaupt machte. Als hätte sein Bruder nur auf irgendetwas gewartet, auf eine Information die er nicht erwarten könnte. Nur er wusste noch nicht, dass es eine traurige Information sein wird. Auf jedem Fall sah man, dass die Mutter von dem Fakt nicht besonders begeistert war, dass genau sie es sagen musste .

„Wo ist Alisa?" fragte die Mutter ohne den Kopf umzudrehen.

„Auf der Toilette, sie kommt gleich."

„Setzt euch mal um den Tisch ich komme gleich." Sie zeigte nur mit einem Finger auf den großen Esstisch, den sie in der Küche hatten und ging danach Richtung Garage. Arnold war endlich vom Putzen befreit und das war ja eigentlich auch sein Ziel. So wie es die Mutter sagte, so machten sie es auch und setzen sich um den Tisch. Ralf setzte sich links und Arnold rechts.

„Weißt du, was sie uns sagen will?" Ralf sah aus, als wäre er aufgeregt. Hatte er nicht bemerkt, dass ihre Mutter bekümmert war und kein breites Lächeln auf ihrem Gesicht hatte.

„Was hat sie dir im Auto gesagt?" Arnold wollte feststellen was sein Bruder schon wusste.

„Eigentlich nichts, außer, dass wir alle gemeinsam reden müssen."

Nach einer Weile, als die Brüder nicht mehr miteinander gesprochen haben, hörte man ein schluchzten aus der Garage. Arnold war sich nicht sicher, aber Ralf ging ohne nachzudenken dort hin. Vielleicht haben sie sich ja verhört, dachte er sich. In aller Eile machte danach Arnold, aber dasselbe wie sein Bruder. Es bestand die Möglichkeit, dass wirklich etwas Schlimmes passierte. Als sie beide in der Tür standen bemerkten sie ihre Mutter am Boden sitzend und weinend.

„Holl die Lisa." manchmal nannten die Familie Alisa so. Eine Person hat es erfunden und so ist es auch geblieben. Als Ralf zur Alisa rannte, blieb Arnold bei seiner Mutter und probierte mit ihr zu kommunizieren. Sie saß auf den Boden und rollte sich wie ein Igel zusammen. Den Schmerz konnte man richtig gut bei ihr sehen was auch schlimm war. Selbst wollte er nicht wissen was sie noch in der kurzen Zeit erfahren hat, aber irgendwie wollte er sie aufmuntern. Also setzte er sich hin und begann irgendwie das Gespräch.

„Keine Sorge, das neue Jahr wird besser, Es wird alles besser sein." Der Satz klang jetzt nicht sehr überzeugend, aber für den Anfang war er nicht schlecht. In der selben Minute gab seine Mutter ihm das Handy, das er gar nicht bemerkt hatte. Sie reichte es ihm, ohne auf ihm überhaupt zu schauen. Immer noch schluchzte sie. Arnold hatte gar keinen Plan wie es weiterlaufen sollte, aber als er die Nachricht auf dem Handy von seiner Mutter sah, war er ziemlich geschockt und das war nicht im positiven Sinne gemeint. Sein Vater schrieb da kurz und bündig, dass sein Leben nicht, mehr als ein Jahr dauern wird. Arnold wollte sich nicht vorstellen wie die Reaktion von seinem Vater aussah als er es selbst erfuhr. Noch im alten Jahr erfahren das man im neuen Jahr stirbt, war sicher sehr tragisch. Solche Informationen erfährt man nicht gern. Unerwartet kamen seine Geschwister. Arnold reichte schnell das Handy an Alisa und Ralf schaute mit. Nach einem schnellen Durchlesen der Nachricht machte Ralf große Augen. Alisa musste im großen Schock sein den bei ihr sah man keine Reaktion. Die Brüder schauten einen Moment auf die Schwester um festzustellen ob es überhaupt eine gute Idee war, ihr die Nachricht zu zeigen. Schließlich setzte sich Alisa zu der Mutter, umarmte sie und weinte mit ihr zusammen. Arnold und Ralf schauten auf sich. „Sollte er ihn jetzt trösten?" stellte sich Arnold die Frage. Noch nie hat er das gemacht den meistens, hatte ihn jemand getröstet und nicht umgekehrt. Solche Situationen waren immer für ihn schrecklich. Sein Vater kannte er fast gar nicht und Ralf ebenfalls, aber für die Mutter und vor allem für Alisa war es eine wichtige Person.

„Ich hoffe das neue Jahr bringt mehr Glück." Flüsterte Arnold, weil nur der Satz fiel ihm ein. Ralf umarmte Arnold. Sein Bruder hatte auch keine Idee für einen passenden Satz, aber die Stille hielt er nicht mehr aus.

„Bitte tröste die Zwei, ich gehe mich schnell duschen." Wegen der ganzen Sache vergaß Arnold, dass Ralf gerade vom Training kam

und sogar richtig stank. Nach den Satz ist
ihm gerade aufgefallen, dass sein Bruder
richtig schwitze und sein ganzes Gewand
richtig nass war. Arnold blieb also alleine in
der Garage mit zwei weinenden Personen
stehen. Eine von den schlimmeren Sachen
war, dass er nie in so einer Situation war und
nie in so einer Situation sein wollte.

***

Er war nicht zum Aufwecken. Schon
vergingen sicher ein paar Stunden und noch
immer nichts. Im Koma war er nicht, aber
seine Mutter befürchtete es. Eigentlich
befürchtete sie in diesem Moment gar nichts,
weil sie selber schlief. Krankenhäuser sind
für jeden Menschen wie ein Gefängnis, wenn
man dort länger als ein Tag bleiben muss. Es
ist ein Ort, wo es viele helle Lichter gibt, aber
nicht viele Menschen, die dort mit ein
Lächeln strahlen. Andreas war nur zweimal
in seinem Leben in einem Krankenhaus.
Einmal als er geboren wurde und das zweite
mal, als er sich einen Fuß brach. Auf jeden
Fall mochte er dieses Ort nicht, weil er
immer auf unfreundliche Ärzte oder
Krankenschwester in seinen Leben traf. Eines
Tages kam in seine Schule sogar eine
Zahnärztin um den Kinder zu zeigen wie
man richtig Zähne putzt und sogar diese
Frau schaute ihm schief an. Der Geruch von

einem Spital ekelte ihn schon beim Eingang. Ein Gemisch aus Desinfektionsmitteln und lauter kranken Personen, war für ihn einfach grauslich. Das ungemütliche Bett brachte ihn endlich dazu, dass er aufwachte. Runter um war niemand außer seiner Mutter die auf den Sessel einschlief. Draußen sah man noch die Sonne, aber der Abend kam immer näher. Neben seinem Bett war ein Nachttischregal, auf den sein Telefon und die Tasche von seiner Mutter lag. Ohne nachzudenken, nahm er sein Handy. Schnell schaltete er es ein. Plötzlich zeigte sich ihn viele Nachrichten an. „Mit welcher soll er anfangen." dachte er sich. Es gab von Arnold 3 Anrufe, was sehr seltsam war denn, er ruft nie mehr als einmal an, weil er immer der Meinung war, dass man niemanden stören soll. Andreas blieb nichts anderes übrig als zurück zu rufen. Seine Neugier war stärker als er, also rief er an.

„Hallo?"

„Hallo?" jedes Gespräch begann immer so.

„Arnold?"

„Ja"

„Wir müssen reden, es ist was Ungewöhnliches bei mir passiert."

„Bei mir auch."

„Besuch mich morgen." Es war kein Gespräch für ein Telefonat.

„Ich glaube ich werde Zeit haben. Irgendwie fest feiern, werde ich sowieso nicht. Es ist bei mir was ausgefallen."

„Ok, das kannst du mir dann erzählen."

Andreas endete das Gespräch und legte ab. Auf keinen Fall würde er jetzt ein zweites Mal einschlafen. Es stank nach einen Typischen Krankenhaus. Auf einmal erinnerte er sich an den Grund wofür er eigentlich dort war. Nur um es sicher zu stellen brauchte er ein Spiegel. Zuhause bei ihm ist etwas passiert was er nicht erklären konnte und jetzt wusste er selbst nicht ob das Ereignis stimmte, dass er selbst sah oder ihm seine Mutter erzählte. Keine Kanüle oder andere Sachen hatte er in seinen Körper eingesteckt also konnte er ohne Probleme aufstehen und ins Badezimmer gehen. Nach einen lange trotten, denn er hatte irgendwie keine Kraft, schaffte er es zum Bad. Am Anfang konnte er kein Spiegel bemerken, weil alles weiß in den Raum war. Nachdem aber, das Becken für die Kranken sehr groß war sah er es endlich. Andreas ging da hin und sah sein Gesicht oder besser gesagt ein Teil von Erscheinungsbild. Ihn wurde schlecht, den überall war ein vertrocknetes Blut. Seine Nase war schief. Die Lippen waren gerissen, vielleicht vom Stress, aber da war er sich nicht sicher. Sowieso war er überrascht, dass sein Gesicht so aussah. Haare von Andreas sahen wie ein Chaos aus. Er probierte ein paar vertrocknete Blutflecken aus sein Gesicht zu putzen. Danach schaute er wieder in den Spiegel und das hatte er ein paar Mal wiederholt. Als er so überrascht in den Spiegel schaute, hörte er wie die Tür sich öffnete.

„Lass es, leg dich hin, es ist besser so." Sagte seine Mutter sehr verschlafen.

„Wie ist es passiert?"

„Leg dich hin, dann erzähle ich es dir." Sehr überzeugend hörte er sich es nicht an, aber vielleicht wird er etwas erfahren.

„Ok"

„Komm jetzt." Es musste immer so sein, dass seine Mutter immer recht hat, ihn ihrer Meinung natürlich.

„Ja" Arnold ging aus den Badezimmer heraus und folgte seiner Mutter. Das Bett, das er bekommen hat, war sehr unbequem. Die Sessel waren aber noch schlimmer. Als die Beiden schon auf ihre Plätze waren fing die Mutter an zu erzählen. Andreas wollte schon einschlafen, aber die Informationen waren für ihn jetzt wichtig.

„Du bist einfach gegangen und danach bist du hingefallen und das sogar zweimal." Man sah, dass es ihr schwer fiel einfache Sätze zu bilden. Ihr Schock war von Anfang an sehr groß und nach dem kurzen Schlaf, war es noch Schlimmer. Sie konnte einfach nicht aufhören auf sein Gesicht zu schauen. Die Verletzungen waren sehr stark zu sehen. Sein Gesicht sah aus wie nach einem Krieg. Noch immer konnte er sich selbst ein paar Sachen nicht erklären. Da viel ihm was ein, bevor sie anfing, überhaupt erklären, wie es genau passierte.

„Hast du gehört, wie ich mit Arnold geredet habe?"

„Nein, was hat er gesagt?"

„Ich habe ihm gesagt, dass er morgen kommen kann. Passt es eh?"

„Ja. Die Öffnungszeiten für Besucher sind lang also... ja sicher."

„Cool." Andreas hatte das Gefühl, das seine Mutter nicht mehr reden wollte, aber seine Frage waren noch immer nicht beantwortet. Ihre Augen schlossen sich schon von selbst. Ob es Müdigkeit war, wusste er nicht, aber er vermutete mehr, dass der Schlaf von Langweile kam.

„Und wie ist das passiert, dass ich zweimal hingefallen bin?"

„Weißt du gar nichts mehr?"

„Nein." Doch er wollte es selbst wissen. Das Gesicht von seiner Mutter schaute auf ihn jetzt fraglich. Die Idee, dass er Gehirn

Erschütterung oder Sklerose hat, war für sie, sicher die einzige Erklärung.

„Und was weißt du noch?"

„Tja, dass ich die Treppe heruntergeflogen bin und dann, dass ich in der Küche am Boden war." Was auf jeden Fall stimmte.

„Also…" Plötzlich klingelte ein Handy. Seine Mutter schaute gleich in ihre Tasche und genau das ermunterte sie. Sie zog ihr Handy aus der Tasche heraus und danach schaute sie welche Namen das Smartphone anzeigte.

„Ich komme gleich." Sagte sie rasch und flitzte aus den Zimmer heraus.

„Ok." Antwortete Andreas, aber seine Mutter hörte es sowieso nicht mehr. In diesem Moment blieb er alleine in dem Raum. Sein Gesicht tat ihm von Zeit zu Zeit weh, aber er hatte schon manchmal schlimmere Verletzungen in seinen Leben. Die Langweile waren für ihm, aber schlimmer als der Schmerz im Gesicht. Wie jedes Kind schnappte er das Handy und fing an verschiedene Apps zu durchzuschauen. Eine lange Zeit brauchte seine Mutter bei dem Gespräch. Er antwortete auf Nachrichten auf die er früher nicht antworten konnte. Manche Messages waren lustig und manche auch nicht. Die Gesellschaft passte für ihn. In Vergleich zu seinen Eltern und Großeltern sind alle nicht so ernsthaft. Man kann einen Spaß machen und nicht alles sehr ernst nehmen, was manchmal sehr anstrengend ist. Arnold versteht von Zeit zu Zeit gar nicht den Spaß, den Andreas ihm übermitteln will, was Andreas wirklich ärgert. Jeder weiß, dass Arnold ein Streber ist und er sich einfach mit von den Stereotyp nicht unterscheidet. Seine Mitarbeit in dem Unterricht steht auf hundert Prozent und fast alle Lehre mögen ihm, weil er in jedem Fach eine Eins hat. Die Freundschaft von den Beiden hängt nur von Noten und Video-Spielen ab. Das Ereignis, welches Andreas passierte und den Arnold vielleicht auch, wird noch ein Thema das in die Freundschaft einfließen wird. Wenn Arnold es, aber Logisch in fünf Minuten erklären kann wird es eigentlich auch nichts Neues sein. Andreas wollte im diesem Moment nur vom Arnold hören, dass er es sich das eingebildet hat. Kein System konnte das Ereignis erklären. Beide wussten doch, dass sie normal bei sich zu Hause waren. Andreas konnte sich nicht erklären wie sie die Häuser getauscht haben. „Vielleicht war es ein Traum" dachte er sich. Ein paar Mal schlug er sich, aber wie es aussah, war es kein Traum. Seine Gedanken waren nur bei der Sache. Das Krankenhaus würde ihn nicht herauslassen. Auch wenn Arnold kommen könnte und ihn alles erklären konnte, wollte er nicht die ganzen Ferien im Krankenhaus verbringen. Keine Ausrede würde ihn durchlassen. So lange war er in seinen Gedanken vertieft, dass er nicht bemerkt hatte, wann seine Mutter das Zimmer betritt. Sie wollte schon den Mund aufmachen, aber Andreas war es egal mit wem sie geredet hat.

„Wann lassen sie uns raus?"

„Vorher als du noch geschlafen hast, habe ich mit denen geredet. Sie haben gesagt, dass der Schädel eine schwache Stelle ist. Es ist also sicher, dass du nicht schon morgen gehen kannst."

„Man!"

„Aber sie prophezeien auch nicht das du hier eine Woche lang bleiben musst. Die Untersuchung ob es nichts Schlimmeres ist als nur Kratzer und Blutflecken, müssen sie ja auch machen."

„Haben sie noch irgendetwas gesagt?"

„Nur das du bei nächsten Mal unter deine Füße schauen solltest." Seine Mutter wollte sehr das es sich lustig anhört und lächelte ihn sogar an. Nachdem, dass die Hälfte seiner Ferien ihm von einem unerklärlichen Geschehen weggenommen wurden, war für ihn schon ausreichend störend.

„Weiß Papa schon das wir hier sind?" er selbst wusste nicht woher ihn die Frage durch den Kopf schoss.

„Er ist noch in der Arbeit und zweitens ich hatte keine Zeit." Sein Vater war Arbeitssüchtig. Sie hatten in der Familie nur eine Firma, aber trotzdem war es stressig. Die Arbeit zog seinen Vater hinein in das Geschäft. Manche Filme zeigen Familien, die immer gemeinsam beim Tisch sitzen und glücklich sind. Bei Andreas sah es anders aus. Genau das Gegenteil passierte bei ihm. Vielleicht herrschte es eine andere Atmosphäre, wenn er kein Einzelkind wäre. Andauernd wiedersprach Andreas Mutter den Fakt, dass er zu viel arbeitete und dass es normal war. Als ihm so die letzte Zeit durch die Gedanken schwankte, konnte er sich nicht erinnern wann er das letzte Mal mit ihm sprach. Sogar ein Small-Talk war sehr schwer zu führen, weil seine Überlegungen nur im Bereich der Arbeit waren. Mit ihm das Thema zu wechseln war schwieriger als Hieroglyphen zu lesen. Ob es sein Vater wirklich interessierte, dass er gerade in einem Krankenhaus lag und sein Gesicht wie nach einem Krieg ausschaute, wusste Andreas nicht. Den Kontakt zu seinem Papa wollte er sowieso haben, weil er noch tief glaubte, dass er ein guter Mensch war. Nach langer Überlegung beantwortete ihn seine Mutter, die Frage in einer freundlicheren Art, obwohl sie es nicht machen wollte.

„Ich werde ihm aber dann anrufen, er wird bald nach Hause fahren." was eine komplette Lüge war, aber Andreas machte eine gute Miene zum bösen Spiel und fragte nicht mehr weiter nach, auch wenn es endlich der richtige Zeitpunkt wäre, um die Sache zu klären. Demnach wurde es still im diesem Raum und jeder glotzte in sein Handy.

„Du darfst dich nicht zu viel anstrengen, leg das Handy weg." Andreas wusste nicht was eine Anstrengung mit einem Handy durschauen, zu tun hat, aber er machte es wie gesagt.

„Was hat das Handy mit Anstrengung zu tun?" die Zeit wollte er totschlagen, also hatte er ein Plan. Ein Streit auszulösen. Wie gedacht, fing seine Mutter an ein Gespräch mit ihn, dass die Handys auf die Jugendlichen, einen schlechten Einfluss haben. Mit seinen Verletzungen sollte er viele Tage im Krankenhaus verbringen, darum begann er ein Streit, den er sowieso gewinnen wird, weil seine Mutter in solchen Sachen nicht gut war. Noch immer hatte er keine Information zum welchen Tag er seine

Mutter und den Gestank aushalten sollte.
Sein Leben konnte manchmal sehr chaotisch
sein und nur da sitzen war für ihn eine
Strafe.

„Hörst du mir zu?" schrie sie.

„Kann ich mein Handy haben?"

„Nein, hör mir zu!"

„Mache ich immer, gib mir nur das Handy."

„Dein Körper sollte sich nicht Anstrengen…"
und so ging der Streit weiter und
schlussendlich bekam Andreas sein Handy
sowieso nicht. Ihm blieb nichts andererseits
übrig als zu schlafen. Immerhin hatte er
sicher noch ein Tag oder mehr in dem
Zimmer.

„Ich habe mit deinem Vater geredet."
Andreas öffnete seine Augen blitzschnell
und spitzte seine Ohren.

„Ich sollte es dir eigentlich nicht sagen, aber
du musst mir versprächen, dass du es
niemanden sagst."

„Haben wir wieder Schulden?"

„Woher weißt du das?"

„Es ist das einzige Thema, worüber ihr redet,
es ist wirklich sehr schwer es nicht zu
wissen." Es wurde Stille. Beide wussten nicht
wie sie ein Satz anfangen sollten. Harte
Arbeit war für seine Eltern eine Normalität.
Es hieß, aber nicht immer, dass man immer
viel Geld von dem verdient. In der Schule

war er „Populär" wie es manche sagten und nur dort konnte er wirklich lächeln und sich freuen, weil zu Hause gab es bei ihm jeden zweiten Abend Streite die man, manchmal nicht aushalten konnte. Laute Musik konnte die Geschreie sogar nicht übertönen, was schlimm war. Seine Eltern glaubten noch immer, dass er von nichts wusste. Von der schlecht bezahlten Arbeit, Schulden oder geborgenen Geld von den Freuden. Sie trauten sich aber auf keinen Fall, sich von der Familie helfen zu lassen. Sie haben ihm immer gesagt, dass es unangenehm und lästig ist. Am Ende wenn du schon alles ihn zurückgeben wirst, werden sie dir bis Lebensende an der Situation erinnern, dass du einen großen Fehler gemacht hast.

„Sie werden noch denken das du sie an den Füßen küssen wirst weil sie dir ein wenig geholfen haben." murmelte sein Vater vor sich dahin, als er betrunken war und alle drei von einem Familientreffen nach Hause fuhren. Andreas Eltern waren immer loyal. Auch wenn sie riesige Schulden hätten, hätten sie nichts gestohlen. Es gab ein Zeitraum, wo seine Mutter sehr wenig verdient hatte oder fast gar nichts. Da hat sein Vater sie auf jeden weiteren Schritt motiviert, dass sie eine andere Arbeit findet und dass sie gemeinsam eines Tages glücklich und ohne sorgen, mit einer großen Summe im Bank, leben werden. Bis heute haben sie damit Komplikationen und Glücklich sind sie wie es aussieht auch nicht. Das ist ein Problem, der heutigen Gesellschaft, das Geld manchmal über Menschen entscheidet und nicht Menschen über das Geld. Seine Noten waren nie die Besten, deshalb wusste er nicht wie er anders seinen Eltern helfen kann. Zu früh in die Arbeit zu gehen wollte er auch nicht.

„Seit wann weist du es?" Ein Kontakt mit seinem Sohn wollte sie trotzdem haben, auch wenn ihr Leben seit längerer Zeit nicht mehr so toll war wie früher.

„Seit du mir sagst, dass du zu Hause sitz, weil mein Vater so viel verdient, dass es reichen wird, aber eine neue Jacke kann ich mir nicht kaufen, weil die für dich zu teuer ist."

„Weil die Sachen wirklich zu teuer sind!" sie verdrehte die Augen.

„Jeder in meiner Schule hat solche Jacken, in meiner Jacke sind schon überall Löcher und sie hat schon 3 Jahre!"

„Die verwöhnten Kids in deiner Schule kaufen sich immer teure Sachen und ich haben nirgendwo in deiner Jacke Löcher gesehen."

„Weil ich sie verstecke damit es keiner sieht!"

„Ich habe eine gute Idee, ich werde es dir nähen!" stellte sie fest mit einem breiten Lächeln auf ihren Gesicht.

Er raste aus: „Ich will nur eine neue Jacke, hör endlich auf so zu tun als wäre alles ok!" Vielleicht schrie er es ein bisschen zu laut aus sich heraus, aber das musste irgendwann mal passieren. Seine Mutter konnte nicht weiter und lief aus dem Zimmer heraus. Schätzungsweiße hat sie angefangen zu weinen, aber er war sich nicht sicher. Ob sie eine lange Zeit nicht kommen würde, war ihm jetzt egal. Ohne nachzudenken, nahm er sein Handy und scrollte durch das Netz. Der Gedanke ließ ihm nicht los, dass er Arnold anrufen sollte. Es wäre aber keine gute Idee. Nur es wäre klüger hier zu bleiben, aber kluge Ideen waren nicht seine Stärken.

„Arnold kannst du kommen?"

„Es geht nicht!"

„Es ist sehr wichtig!"

„Du sitzt doch im Krankenhaus!"

„Ich brauche dich jetzt! Ich gebe dir nachher das Geld, wenn du kommst!"

Andreas konnte nicht mehr in dem Krankenhaus. Der Ort machte ihn verrückt, auch wenn nur ein paar Minuten hier drinnen saß.

„Es ist wichtig, man!" und auf einmal beendete Arnold das Gespräch.

„Halo!?" Andreas glaubte es selbst nicht. Er war Arnold's einziger Freund und er glaubte, dass der Streber ihm helfen würde ohne zu überlegen. Immerhin verbrachte die Beiden viel Zeit miteinander, mit keinen anderen Streber würde er so viel Zeit verbringen. Noch nie sah er eine andere Person, die nur lauter Einser in Zeugnis hatte. Die Anderen wussten, dass er ihn ausnutzte, aber manchmal rettet er ihn das Leben, wenn er irgendeine komplizierte Hausaufgabe nicht gemacht hatte. Es gab für ihn schwierige Fächer und leichtere, aber die Schule war für ihn eher mühsam, wenn es um lernen ging. Arnold hatte nur einen Vorteil von der Freundschaft. Dass er nicht in der Schule gemobbt wurde. Immer täuschte er ihm vor, dass er auf seiner Seite stand. Somit gelang es ihn, Arnold als auch die Anderen glauben zu lassen, auf einer als auch auf der anderen Seite gestanden zu sein. Den Streber unterstützte er:

„Ja, du hast recht, sie sollten dich nicht mobben!" Und zu den anderen Leuten spottete er:

„Ja, er lässt mich immer abschreiben, der Streber." In manchen Momenten nervte es Arnold wenn man zu ihm Streber sagte, darum wiederholte Andreas manchmal das Wort zu viel. Die längere Wartezeit auf seiner Mutter oder einen Arzt ließ ihm einschlafen, auch wenn sein Finger noch eine kurze Zeit durch die Videos und Fotos scrollte. Er war seit immer ein Mensch der überall und immer einschlafen konnte was im Unterricht ihm manchmal sehr half, auch wenn es der Lehrer nicht so positive sah. Zum Glück hatte er jetzt die Zeit zum Schlafen. Es verging nicht eine halbe Stunde und da wachte er plötzlich auf. Ein leises „Bum" hörte er nach wenigen Minuten immer wieder. Nach ein paar Minuten fing es an ihn richtig zu nerven. Sowieso hatte er in dem Gefängnis nichts zu machen also stand er auf und machte kleine Runden um das Zimmer. Eigentlich dürfte er gar nicht aufstehen, denn vielleicht hatte er eine Gehirnerschütterung und er sollte gar nicht auf den Beinen stehen. Er machte es trotzdem. Mit schwerer Kraft trottete er ein letztes Mal um das ganze Zimmer bis ihm etwas auffiel. Das nervige Geräusch kam von der Fenster Seite. Es waren nur weiße Vorhänge dort die, die Sonne ins Raum hereinließen, aber um zu wissen was für ein unangenehmes Geräusch Andreas störte, müsste er die alle aufmachen. Selbst war er in einen Schock als er durchs Fenster schaute. Aus den dritten Stock konnte er mit seinen schlechten Augen, weil er manchmal zu viel Videospiele spielte, die Umrisse von Arnold sehen. Ein Fahrrad stand neben ihm, aber er war sich nicht ganz sicher ob es Arnold gehörte. Noch nie im Leben hätte er sich gedacht, dass es zu so einer Situation kommen würde wo ein Streber ihm aus den Krankenhaus fliehen hilft. In den ungenauen Umrissen konnte er eine Sache in den Händen von Arnold sehen. Eigentlich war Andreas ziemlich egal was er da in der Hand hielt, das Wichtigste war, dass ihm die Person einfach half, egal wie. Andreas öffnete das Fenster und beugte sich nach vorne durch das Fenster und schaute genau ob es sicher Arnold war.

„Ich hoffe du wirst mir bezahlen!" schrie die Person, die unten stand und wusste schon, dass er es ist.

„Sicher, sicher." murmelte Andreas dahin.

„Was!?" er war überrascht, dass der Streber ihm von dort aus hören konnte.

„Deine Hose ist nass!" schrie er ihm zurück. Nach diesen Worten wusste er schon, dass er es bis dorthin hörte, weil sein Gesicht anfing breit zu lächeln.

„Was passierte mit deinem Gesicht!"

„Ein Zombie hat mich fast gefressen!"
Wieder lächelte er breit, aber dieses Mal fing er an zu lachen.
„Ich erzähle es dir später, hol mich zuerst hier raus!"
„Ich!?"
„Nein, der Weihnachtsmann. Ja, du!"

***

Arnold war verwirrt und wusste nicht ob sein Freund es jetzt ernst meinte oder nicht. Schon ein Satz hatte er sich im Kopf gebildet, aber plötzlich verschwand Andreas aus seinem Blickfeld und auf einmal wusste er gar nicht, was der nächste Schritt sein wurde. Überraschenderweise hörte Arnold irgendwelche Frauen Geschreie aus dem Zimmer. Immerhin könnte er auch noch wegfahren, aber,…

„Geh zum ersten Stock, Arnold!" brüllte Andreas von oben und knallte eine Tür sehr laut zu. Ohne nachzudenken, lief Arnold gleich in Richtung der Eingangstür des Krankenhauses. Als man da reinging war es fast leer, nur ein paar Patienten die möglicherweise langweile hatten und eine Rezeptionistin die genüsslich ihren Kaffee trank, konnte man sehen. Die Treppen waren gleich rechts und der Lift gleich daneben. Die Rezeptionistin stand hinter einer Lade und ihre Aufmerksamkeit richtete sich gleich auf ihm. Seine Gedanken waren, aber noch immer bei Andreas, denn er fragte sich noch immer wieso eine Frau aus seinen Zimmer so laut schrie. Ob es vielleicht seine Mutter war, könnte recht möglich sein, aber es war zu weit entfernt um die Stimme genau zu hören könne. Womöglich könnte nach der Situation, Andreas zu ihm netter oder nicht so gemein sein. Es war für ihn wichtig, weil es sein einziger Freund war. Noch nie hatte er irgendetwas im Sport gewonnen und im laufen hatte er keine guten Ergebnisse in Turnen. Alle lachten ihn aus, dass sogar ein sechsjähriges Kind schneller rennen kann als er. Zum Glück müsste er nie vor jemanden wegsausen, denn die Freundschaft mit Andreas rettete ihm fast immer das Leben. Dieses Mal hetzte er als hätte auf ihm im ersten Stock ein goldenes Pokal gewartet, das er nie hatte. Die einzigen Auszeichnungen die er jemals gewonnen hatte, war wegen ein Schachturnier oder irgendwelche anderen Sachen die niemanden interessiert haben. Sogar seine Mutter findet es langweilig. Es war für ihn komisch in einem Spital zu hetzen. Die Leute schauten auf ihn komisch als würde er in einen falschen Gebäude drinnen sein. Selbst wenn er auf so einen Menschen geschaut hätte, würde er sich das gleiche denken. Die Treppen waren für ihm

das aller schlimmste. Er fühlte sich wie ein
Faultier oder Pandabär. Beide von den
Tieren sind sehr faul, aber sehr klug. Das
Erste an was er dachte war ein Lift. Sie
waren nur für schwer Verletzte, darum
musste es ausgeschlossen sein. Andreas
würde sicher ein Aufzug nehmen, auch
wenn er sportlich ist. Sogar wenn eine
Person es ihn gründlich verboten hätte, wäre
es für ihn trotzdem kein Problem es zu
benutzen. Das Höllische stand, aber vor
Arnold, die Treppen. Mit schwerer Kraft,
machte er nach jeder fünften Sekunde ein
weiteren Schritt. Es viel im schwer nach oben
zu gehen, aber was macht man für den
besten Freund. Alles. Als er endlich oben
war, schnappte er nach viel Luft. Er schaute
nach links und rechts, aber man sah keine
einzige Person. Mit sehr langsamen Schritten
trottete Arnold dahin. Nur ein- oder zweimal
war er im Krankenhaus. Immer wieder
umblickte er sich um die eigene Achse, weil
es für ihm wie in einen Horrorfilm aussah.
Nur im Kiosk war eine kleine Gruppe von
Leuten die sich irgendwelche Getränke und
Zeitungen kauften. Der lange Korridor,
stand noch vor ihm und er sah kein Sinn um
weiter zu bummeln. Plötzlich wie aus den
nichts kam aber sein Freund von einer Ecke,
die Arnold früher gar nicht sah und lief als

hätte ihn ein Bär oder Wolf gejagt. Im diesem Moment, als Andreas ihm erkannte, lief er in seiner Richtung. Andreas war schon immer sportlich, darum war es für ihn kein Problem, so einen langen Korridor zu laufen. Es gab eine Chance, dass er während dem Rennen ausrutschten konnte, denn der Boden komplett rutschig und gerade mal gewischt war. Als sein bester Freund immer näher und näher war, konnte er an seinem Gesicht riesige Flecken von Blut oder risse sehen. Das sah gar nicht normal aus. „Sollte er es lassen und ihm nicht helfen?" dachte sich Arnold in einem Moment.

„Danke… dass," Andreas schnappte kurz tief Luft.

„Wieso rennst du so? Und warum hat da jemand geschrien? Und vor allem?…"

„Stellt nicht so viele Fragen, wir müssen jetzt los." Auf einmal konnte man die Mutter und eine Krankenschwester aus der gleichen Ecke wie Andreas herausgelaufen ist sehen.

„Los!" schrie sein Freund und beide liefen die Treppen herunter. Es viel Andreas schwer die Treppen runter zu sausen, weil seine Schnürbände offen waren. Arnold dachte sich, dass man im Krankenhaus immer solche blauen Anzüge tragen muss wie es manchmal in den Filmen war, aber Andreas war ganz normal angezogen. Eine

Jeans und Hoodie hatte er wie immer an. „Für welchen Zweck, war er hier, er machte nur für sonst Turnübungen." Dachte sich Arnold wieder. Als sie schon aus den Krankenhaus herausgelaufen sind, folgte ihm Andreas zu seinem Fahrrad. Beide stellten sich viele Fragen seit dem Morgen, aber sie hatten bis diesem Moment keine Zeit die Antworten zu suchen. Das Fahrrad stand hinter dem Krankenhaus und das Duo schauten aus als hätten sie beide keine Ahnung wo sie hinrennen. Andreas hatte aber keine Wahl, er musste den Arnold folgen. Zum Glück kamen sie endlich an. Man sah, dass Andreas etwas an diesem Fahrrad etwas bemerkte.

„Was ist?" es war für Arnold interessant, wieso er sein Gesicht so verzierte.

„Ich glaube das deine Schwester sich um das Fahrrad mit deiner Mutter gestrieten hat."

„Was hat sie gesagt?"

„Dass, sie das Fahrrad nehmen wird, weil dein Bruder es sowieso nicht bemerken wird und danach hat sie es eh nicht gemacht, weil ich gekommen bin."

„Danke dir!"

„Wieso?"

„Wirst du sehen." Hinter dem Fahrrad stand eine Sache die Andreas vor ein paar Minuten in seiner Hand hielt. Man konnte es nicht genau sehen, aber es war ein kleines metallisches Ding mit blau und orangen Farben drauf. Eine Flüssigkeit mit einer Kupferfarbe konnte man auch durch ein mini Glas entdecken.

„Ich hoffe wir passen auf ein Fahrrad." Arnold schaute unsicher auf das hohe rote Bike.

„Ich glaube ich bin besser im schnellen Rad fahren, also sitz ich vorne."

„Kannst du überhaupt irgendetwas sehen mit dem Gesicht?"

„Ja, es tut mich sogar nicht weh."

„Ich will nicht sterben." Arnold hatte Angst um sein Leben.

„Du denkst immer so negativ. Sei kein angst Hase." Andreas hob das Fahrrad auf und richtete sich zum Fahren. Arnold nahm noch den komischen Gegenstand.

„Was ist das?"

„Werde ich dir nachher erklären." Und sie fuhren gleich weg hinter dem Spital. Arnold war sich schon sicher, dass er Schimpf bekommen wird.

„Wie viele Leute suchen dich jetzt?" Er wollte nur feststellen wie viele Leute hinter ihnen sind.

„Zu viele." Ohne nachzudenken fuhren sie weiter bis zur Stadt. Beide haben sich entschieden, dass es besser ist dort zu bleiben und über ein paar Dinge zu reden die sehr komisch waren. Draußen war es noch immer kalt, ein bisschen windig und der Schnee fiel noch immer von den Wolken, aber sie hatten jetzt gar keine Lust über Silvester zu reden. Sie hatten wichtigere Sachen zu klären. Eigentlich mussten sie lange nicht suchen. „Kiffer" so hieß der Ort, wo jeder zweite Schüler, nach der Schule sich was Essen oder Trinken kaufte. Selbst der Name lockte Schüler an, auch wenn dort keine Drogen verkauft wurden. Dort konnte man einen Kebab oder sogar Eis Café kaufen. Verschiedenste Sachen gab es dort, die Auswahl war riesig. Nur jeder wusste, dass es von einem Ausländer geöffnet worden war, der nicht mal wusste was „Kiffer" heißt. Als Andreas schon in den Kiffer reinging, lehnte Arnold das Bike von seinem Bruder an eine Straßenlaterne an und bettelte noch zwei Minuten, weil er die Hoffnung noch haben wollte das niemand es stellen werden wird. Es war kein neues Fahrrad, aber trotzdem funktionierte es sehr gut. Ralf benutzte das Bike seit ein paar Monaten nicht mehr und von seiner Existenz wusste er schon sicher längst nicht mehr, darum nutze es Alisa und Arnold manchmal aus. Als Arnold schon mit dem Verstecken des Fahrrades fertig war bummelte er Richtung

Kiffer. Innen drin konnte man immer warmweißes Licht brennen sehen. Im Kiffer war ab immer ein dunkeles hölzerner Boden, hohe „Restaurant-Stühle" auf die man nicht schaukeln konnte und Tische die immer für ungefähr 4 Leute passten. Das Design für den Ort war seit immer schwarz-weiß. Personen über einer Gewissen Körpergröße mussten auf ihrer Stirn aufpassen, denn dort waren die Räume immer klein. Gleich Links konnte man einen Verkäufer sehen, der drinnen verkaufte und einer hinter ihm verkaufte draußen, durch eine Glasscheibe. Insgesamt gab es dort drei Räume. Ein wo man was bestellen oder kaufen konnte. Beim Nächsten war allgemein für alle, der darauffolgenden war eher ein kleines Eck für Rauchende, wo manchmal viele Betrunkene in späteren Abendzeiten saßen und am Ende gab es noch einen Garten mit dunkelholzigen Tischen und Stühlen, wo im Sommer immer alle Plätze voll waren. Während Arnold erst bei der schwarzen Eingangstür stand, bestellte Andreas schon eine Speise. Arnold sah genau, dass Andreas gestresst war, denn eigentlich sollte er jetzt im Krankenhaus liegen und schlafen. Der Kiffer war, aber weit entfernt vom Spital, also gab es keinen Grund zum Stress. Der einzige Weg der dort schnell hinführen konnte, war eine

Abkürzung. Es ist aber so ein schmaler Weg, wo man mit einem Auto nicht durchfahren konnte. Im Kiffer gab es immer viele Gäste, also wussten die Beiden, dass es Klüger ist, es sich an der Bar alles zu bestellen und nicht auf einen Kellner (so könnte man die Leute eigentlich nicht nennen, weil sie nicht mal so eine Ausbildung hatten) zu warten, der dich fragt welches Getränk oder Essen du gern möchtest, den vielleicht würde dein Essen, erst in einer Stunde kommen. Als zweites Positive konnte sie sich jetzt in die Menge mischen und dabei konnten sie sich mehr Zeit gewinnen. Die Atmosphäre des Ortes, war völlig anders als die von der Stadt in dem Moment. Draußen war noch eine weihnachtliche Stimmung zu sehen und im Kiffer sah es aus wie an jedem anderen Tag. Der Besitzer des Lokals feierte kein Weihnachten. Dieses Ort war für die Schüler auch perfekt den dort kostete alles einen halben Preis weniger. Arnold ging zum Andreas und hörte zu was er bestellte.

„Und noch Pommes." So beendete er denn Satz und merkte, dass neben ihn jemand stand.

„Endlich! Hab gedacht du bist bei dem Rad eingefroren. " Während des Gehens führten sie das Gespräch weiter.

„Hast du wie immer, für mich das gleiche bestellt?"

„Jo, sicher." Antwortete er. Sie bummelten durch das Lokal weiter bis nah Ende des zweiten Raumes, wo immer jeder Platz hatte, auch wenn der Kiffer immer klein war. Sie gingen ganz nach hinten dieses Raumes und setzten sich an der Wand neben ein Bild, das niemand verstand, aber für den Chef des Lokals als wahre Kunst galt. Die Beiden setzten sich hin und wussten nicht wo sie anfangen sollten. Noch einige Zeit saßen sie in der Stille, weil eine große Gruppe von Menschen neben ihn waren und sehr störten. Sie wollten die Sache in Ruhe besprechen. Zum Glück war die Gruppe nach wenigen Sekunden verschwunden.

„Wo warst du morgen?" fing Andreas an.

„In deinem Zimmer. Genauer gesagt auf dein Bett."

„Ich auch. War irgendeine Party, an die ich mich nicht erinnern kann."

„Du denkst immer nur an Spaß und Scheiße bauen." Er gestikulierte.

„Was hast du da in der Hand überhaupt?" fragte Andreas mit einer komischen Miene auf seinem Gesicht. In den ganzen Chaos rundherum um ihn vergaß er, dass er die ganze Zeit in seinen Händen seine Erfindung hielt, die für ihn sehr wichtig war und ist.

Arnold legte es auf den Tisch und informierte: „Das könnte, die Antwort für unsere Fragen sein." Plötzlich kamen die Getränke. Für Arnold bestellte er wie immer Wasser, denn die Säfte, Kaffee, Shake oder andere Sachen für ihn zu süß waren. Dafür, aber bestellte sich Andreas eine große kalte Cola. Nach dem ersten Schluck fing Andreas gleich an zu reden.

„Sag jetzt, was das ist!"

„Ich kann's dir sogar zeigen, aber nicht hier!" Arnold hatte im Hinterkopf, dass wenn er es denn Leuten hier zeigen wurde, würde die FBI gleich hinter ihm her sein. Selbst wusste er noch nicht ganz ob, die Maschine überhaupt funktionierte. Trotzdem stand er auf und gab Andreas ein Handzeichen, dass er mitkommen sollte.

„Dann zeigst du's mir später, ich bin jetzt hungrig, im Krankenhaus gibt es kein normales Essen." Schimpfte er und blieb sitzen auch wenn ihm die Neugier nicht losließ. Ohne zu streiten saß sich Arnold wieder hin.

„Was kann dieses Ding?"

„Die Zeit zurückdrehen." Auf einmal spuckte Andreas sein ganzes Cola, dass er im Mund hatte auf dem Tisch vorlauter lachen, aus. Er lachte ihm aus, einfach ohne weitere

Fragen zu stellen und wischte die Spucke so schnell wie möglich weg.

„Es ist wirklich so!"

„Ich lese viele Comics, aber du!" Sein Freund konnte es einfach nicht glauben, dass er selbstständig eine Maschine gebaut hat, die sehr viel in der Zeit herumtun könnte oder kann.

„Fangen wir wieder realistisch an, Was hast du gemacht, als du gemerkt hast, dass du in meinem Zimmer warst?" Andreas musste immer das Gespräch anfangen, obwohl Arnold auch ziemlich viele Fragen hatte.

„Nach ein paar Minuten als ich schon aufgewacht bin, kam Adam und wurde gleich aggressiv."

„So ist er halt."

„Danach schrie er mich an und fragte wieso ich da bin und du nicht. Wir haben noch ein anderes Thema angefangen das gar nicht dazu passte…"

„Über was?"

„Rock."

„Rock ist für alte Menschen und Heavy-Metall ist das Beste." zitierte Arnold, was Adam gesagt hatte. Zum Glück musste Arnold sich nicht aus dem Herausreden oder Lügen, denn sie hörten manchmal gemeinsam mit Andreas Rock, auch wenn die Meinung von Adam in anderen Themen, sicher den Andreas mehr gefiel. Auf jeden Fall war Andreas Glücklich, dass Arnold lebte. Die Aggressionsprobleme, die Adam hatte waren manchmal unnormal und gerieten außer der Kontrolle. Darum auch schlägerte sich Adam sehr oft mit verschiedenen Leuten. Einmal waren die Personen kleiner als er und einmal größer. Nur Adam war fast 1,90m darum gab es in der Schule immer weniger und weniger Leute die sich mit ihm schlägern wollten. Er war auch 2 Jahre älter als Arnold und Andreas. Noch nie war Arnold eine Person, die sich mit jemanden schlagen wollte, also gab er nach und versteckte sich unter dem Bett, erzählte er nach einem kurzen Schluck Wasser. Noch schnell wie möglich schnappte er sich ein Buch.

„Warte, was! Ich habe doch keine Bücher im Zimmer."

„Doch ich habe eins aus deiner Schultasche herausgeholt." Andreas musste kurz nachdenken, wie weit seine Schultasche von seinem Bett stand.

„Er fing dann einfach an Video-Spiele zu spielen, einfach so." erklärte er hysterisch, als würde es sich um einen heiligen Platz handeln.

„Keine Sorge, ich würde das gleiche bei ihm tun." Beide lachten kurz.

„Warst du in meinen Zimmern? Wieso bist du mit meiner Schwester da gewesen?" fragte Arnold, denn er kannte seine Schwester und er wusste das sie solchen Menschen wie Andreas nicht sehr gerne half. Nach ein paar Minuten erzählte Andreas alles, an was er sich erinnern konnte. Nur das Geld, das er zurückgeben sollte und die Bitte an seine Schwester erwähnte er gar nicht.

„Und wie kamst du ins Krankenhaus?" Das lange Gespräch unterbrach eine Person die das Essen brachte. Kellner wollten sie im Kiffer nie genannt werden. Im den Lokal war immer eine Freundliche Atmosphäre. Man sprach dort niemanden mit „Sie oder „Ihnen" an. Sie bedankten sich an den Gastgeber und fingen an die Speisen zu essen. Andreas war nie ein „Langsam Esser" im Gegensatz zu Arnold, der Stundenlang an einer Schnitzel kauen konnte. In der Situation, wo einer schneller und der andere langsamer war, kamen die zwei miteinander nicht aus. Darum auch gingen sie nie gemeinsam was essen und vor allem nicht, wenn sie sich eilen mussten. Auf den Tisch hatten sie zwei Schnitzel und Pommes. Auch wenn es dort tausende von Speisen gab, nahmen sie zu Mittag immer dasselbe, weil es dort am besten schmeckte. An manchen

Tagen machten sie ausnahmen, aber das geschah sehr selten.

„Mahlzeit" ohne das Wort konnte Arnold nie anfangen zu essen.

„Mahlzeit" wiederholte Andreas mit einem vollgestopften Mund. Die Schnitzel von Kiffer könnte er das ganze Leben lang essen können. Speisen wie: Pizza, Hotdog oder Kebab hebt er sich für später auf und das Eis ganz am Schluss, wenn er schon gehen müsste und es draußen sehr heiß war.

„Iss schneller, sie werden mich suchen." Arnold wusste nie, wie Andreas das Essen aß. „Kaute er überhaupt die Schnitzel" fragte er sich? Auf jeden Fall ließ sich Arnold wie bei jeder Speise Zeit. Sein Magen könnte es nicht ausstehen, wenn so viel Essen auf einmal dort gelang. Nach ein paar Nervenzusammenbrüche von Andreas beendeten sie das Essen.

„Was kann das Ding jetzt wirklich?" Arnold schleppte das Ding überall mit sich herum und Andreas fragte schon das vierte Mal um das Gerät.

„Ich habe es noch nie ausprobiert, aber wenn es wirklich so funktioniert, wie ich es mir gedacht habe, dann kann ich…"

„Kannst du endlich sagen, worum es geht und daraus nicht eine Einleitung wie ins Spiel zu machen." Arnold wollte noch immer nicht enthüllen, worum es sich handelt, denn wenn es vielleicht nicht klappen würde, würde Andreas ihm bis sein Lebensende wegen dieser Maschine auslachen.

„Du wirst es einfach sehen." Andreas sah schon, dass Arnold genervt war. Er stoß ihn einfach in einen Schneehaufen.

„Bist unnormal!" Andreas stand nur einfach neben ihm und lachte.

„Die Maschine könnte kaputt gehen!" Arnold bekam ein Schock, stand aber schnell auf und schaute ob mit dem Gerät alles in Ordnung ist.

„Du bist fast kaputtgegangen." Da lachte Andreas wieder. Vor verlauten Lachen kippt er fast um. Eine Sache ist ihm, aber sofort aufgefallen.

„Steh auf wir müssen los! Gleich, jetzt!" Bevor Arnold fragte schaute er, wo Andreas Blick hingerichtet war. Da sahen die Beiden, die Frau Aichinger. Niemand in der Stadt mochte die Frau. Außer natürlich, der Familie Schießberger oder besser gesagt den Eltern von Arnold. Alisa und Arnold, aber auch andere Jugendliche, mochten sie nicht wirklich. Es war eine ältere Frau die immer über alles nachfragte. Jedes Gerücht ihn der Stadt und Dorf wusste sie. Sie redete zu viel. Immer wollte sie gleich die neuesten

„Breaking news" wissen und fragte alle um alles nach. Ihre nervige Stimme half dabei gar nicht. Mit der Zeit hatte sie weniger kraft alle anzusprechen. Trotzdem probierte sie noch alle kennenzulernen und neue Themen anzufangen. Man konnte bei ihr nicht dazwischen reden sonst würde sie dich noch weitere fünf Minuten schief anschauen und noch mehr Fragen stellen. Leute die in der Stadt neu waren, wurden von ihr gleich entdeckt und gefragt was sie hier zu suchen haben. Deshalb konnte sie man mehrmals in Kiffer sehen, auch wenn sie die einzige ältere Dame in den Lokal war. Selbst der Name „Kiffer" schreckte die älteren Leute von dem Ort ab. Sie klagten mehrmals, dass die Jugend nicht in solchen Orten die Zeit verbringen sollten. Es gab auch viele die Glaubten, dass man dort Zeug zum Rauchen für Minderjährigen verkauften sollte, was gar nicht stimmte. Die Jungs standen wie zwei Statue und sahen zu, welchen Schritt die Frau Aichinger als nächstes machen würde.

„Los schneller!" Beide rannten so schnell wie es nur ging auf das Fahrrad zu.

„Lass das Metall scheiß da!" Andreas und Arnold wussten, dass die Frau sie alles nachfragen würde was sie in diesem Moment jetzt machen. Andreas Mutter

würde gleich nach ein paar Minuten wissen
wo er ist. Als Andreas schon das Rad in
seinen Händen hielt, wusste Arnold nicht, in
welcher Hand er sein Werk halten sollte. Mit
einem Mal fuhren sie endlich weg.

„Wo fährst du hin?"

„Niemand darf uns sehen, aber Aichinger
schon auf keinen Fall."

„Wieso wolltest du aus den Krankenhaus
weg?"

„Wir reden später." Arnold fuhr so schnell
wie es nur ging aus der Stadt. Vielleicht
haben schon ein paar Leute sie gesehen.
Vielleicht hatten die Eltern schon die Polizei
angerufen. Auf den Straßen war noch immer
viel Schnee. Es war sehr rutschig, kalt und
dunkel. Die Beiden hatten kein warmes
Gewand an. Es war schon länger Abend.
Andreas stoppte bei einer Grenze zwischen
dem Dorf und der Stadt. Ein großer schircher
Wohnblock stand vor ihnen. Man sah, dass
es irgendwann mal weiß angemalt war, aber
nach der Zeit geht die Farbe immer ab. In
jedem einzelnen Fenster war das gelbe Licht
an. Nur in einen wechselte sich die Farben,
jede Sekunde. Andreas sah, dass die Augen
von Arnold genau auf das eine Fenster
gerichtet waren.

„Dort gehen wir hin." Sein lächeln war breit.

„Was!?"

„Schade, dass dein Onkel mit den Raketen nicht da ist." Man konnte sicher auf dem Gesicht von Arnold Angst sehen. Er wusste nicht einmal wo er ist. Dumme Ideen hatte Andreas andauernd in seinen Kopf, also wusste Arnold nicht was er diesmal vorhatte. Immer feierte er, aber den Silvester mit seinem Onkel und Andreas. Nur mit den Zwei. Es war für ihm ein komisches Gefühl, die Tradition einfach so zu brechen.

„Ich glaube die Atmosphäre dort, wird dir nicht so gefallen, aber bleib einfach irgendwo neben mir und… dann wird's schon."

„Wieso wolltest du nicht im Krankenhaus bleiben?" Arnold wurde nicht aufhören bis er die Antwort nicht hören wird. Er hatte ja, mit dem Geschähen, jetzt sehr viel geopfert. Noch nie im Leben hatte er ein richtiges Schimpfen von seiner Mutter bekommen. Jedes Mal als sie ihm um etwas bat, machte er es, auch wenn es etwas sehr Unnötiges war. Dieses Mal war ihm die Freundschaft mit Andreas aus irgendeinem Grund wichtiger. Nur er dachte nicht darüber nach, dass seine Mutter noch mehr trauriger an diesen Silvester sein würde, aber er gab kein Zurück mehr. Sie gaben das Fahrrad hinter den Wohnblock, die Maschine schleppte

Arnold natürlich mit und als Andreas die Frage hörte blieb er stehen.

„Erstens, mir ist nichts passiert, ich fühlte keine Schmerzen und zweitens…"

Dazwischen war eine sehr lange Stille.

***

Andreas wollte Arnold gar nicht sagen, dass es überhaupt zu einem Streit kam.

Anderseits erzählt der Streber ihm alles was so manchmal in seinen Leben passiert. Manchmal auch zu viel.

„Wieso hat da jemand aus dem Fenster geschrien?" Die Auseinandersetzungen mit Andreas und seinen Eltern gehörten nie zu den leisesten und einfachsten.

„Wenn juckt es im Krankenhaus zu sitzen und mit alten Opas zu fernsehen und das mit dem Geschrei war aus einem anderen Zimmer."

„Aber…" Arnold wollte dagegen protestieren.

„Ein Aber ist nur ein Gelaber." Sagte Andreas mit einem genervten Blick zu Arnold. Das Sprichwort kannte Andreas schon seit der Volksschule, so wie Arnold. Beide gingen leise weiter, ohne irgendein Wort mehr zu sagen. Der Streber wusste, dass noch ein Satz zu einem Konflikt werden konnte, also blieb er still. Sie gingen weiter neben den hässlichen Wohnblock.

Rundherum waren auch noch ein paar andere Blöcke, die auch nicht besser ausschauten. Vielleicht war es nicht der beste Ort zum Übernachten, aber der Beste um gut Silvester zu feiern. Solche Meinung hatte der Andreas, ob Arnold damit einverstanden war, war ihm ziemlich egal. Überall war Beton. Man konnte in der Ferne das Dorf, als auch die Stadt auf der anderen Seite sehen. Von Zeit zu Zeit hörte man, dass hier illegale Sachen verkauft oder gemacht wurden. Auf jeden Fall konnte Arnold davon nicht wissen, denn sonst würde er nie hier zum Silvester bleiben. Seit Jahren wurde in den Block nichts erneut worden und eine Putzfrau hat man dort nie gesehen. Schon seit den ersten Augenblick sah es dort widerlich aus, darum fuhr Andreas genau dort hin, den im diesem Ort würde ihn seine Eltern nie suchen. Als sie schon bei der Tür standen drückte Andreas auf der Klingelplatte, neben den Nachnamen Wimmer und der Zahl 15.

„Hallo?" sprach eine undeutliche Stimme. „Kann ich kurz rein?"

„Andreas?! Ja, sicher!" Die Tür wurde geöffnet, sie war sehr schmutzig wie eigentlich der Rest dort. Spinnennetze konnte man auf den Boden überall sehen. So einen schmutzigen Raum hatte Andreas schon lange nicht mehr gesehen, auch wenn sein Zimmer nie sauber war. Alle Treppen wie auch der Boden waren aus Granit. Die Wände waren wie draußen, also original weiß. In manchen Ecken konnte man kleine Insekten sehen. Personen mit Arachnophobie wurden dort nicht mal eine Minute aushalten.

„Ich kann nicht mehr." Schnaufte Arnold mit der Maschine in der Hand.

„Dann schmeiß das Ding einfach weg, was ist dein Problem?"

Arnold setzte sich auf ein der Treppen um Luft zu schnappen und ein Wort zu sagen.

„Wir haben keine Zeit, komm jetzt." Der Streber war rot in Gesicht. In Sport war er nie sehr gut.

„Dann bleib hier, ich gehe weiter."

„Nein… wart…" Er hatte keine Kraft, aber allein wollte er hier sicher nicht bleiben. Dort würde er solo nicht überleben. Um aufstehen zu können, schnappte er die Edelgeländer und hielt sich fest dran. Langsam mit kleinen Schritten trottete er nach oben.

„Schneller." Nach einer langen Zeit waren sie endlich oben. Andreas klingelte gleich als sie schon bei der Tür standen. Sie müssten warten, aber plötzlich öffnete ein Bekannter von Andreas die Türe.

„Halli, Hallo Alfred!" begrüßte Arnold ihm. Sein Kumpel sah auch, wie ein Alfred aus. Die schwarzen Brillen trug er immer schief an, rote Haare hatte er, die immer jeder auslachte, ein bisschen übergewichtig war er auch. Meistens war er in ein Polo T-Shirt angezogen und einer zu engen Jeans, aber man konnte ihm Vertrauen. Er war immer ein loyaler und hilfsbereiter Mensch. Noch ein Jahr blieb ihm auf irgendeinem Studium, der er sicher mal in ein Gespräch mit Andreas erwähnt hat. Solche Details merkte sich, aber Andreas nie.

„Was machst du hier?" fragte Alfred verwundert.

„Wir haben kleine Probleme."

„Wegen Raketen?" der Silvester war für Arnold und Andreas schon längst gestrichen. Sie konnten nichts schießen, sonst könnten sie noch mehr Probleme kriegen.

„Nein. Wir hatten heute noch keine in der Hand. Es geht um was Anderes."

„Wer steht da hinter dir?"

„Das ist ein Kumpel aus meiner Schule. Er hat mir geholfen und jetzt hat er so viele Probleme wie ich."

„Ok, kommt rein." Man konnte sehen, dass Arnold mit der Situation sehr verwundert war. In seinem Hirn stellte sich in dem Moment sicher die Frage, wie er hier überhaupt gelandet ist. Die Wohnung war sehr klein. Ein helles und warmes Licht war eingeschaltet. Alle Türen sind zu. Wie gewöhnlich gibt es keine Tür zur Küche und zu dem Wohnzimmer, die Räume sind einfach offen. Alfred führte sie in sein Wohnzimmer. Davor blieb er stehen.

„Setzt euch da!" Alfred zeigte mit dem Finger auf 4 Sessel die rundherum einen Tisch im Wohnzimmer waren. Alle drei setzten sich.

„Legt's los! Was ist?" er war schon gespannt, was die zwei angerichtet haben.

„Also…" fing Arnold an.

„Nein. Ich werde es erklären. Also…" Die ganze Geschichte, die Andreas in den Silvester erlebt hat erzählte er. Den Streit mit seiner Mutter ließ er aus und log, dass er ohne Schmerzen einfach in dem Krankenhaus nicht bleiben wollte. Die Beiden zwei schauten auf ihn verwundert.

„Das mit der Treppe hast du mir nicht erzählt." Beschwerte sich Arnold als er hörte wieso Andreas ins Krankenhaus geschickt wurde.

„Was wollt ihr als nächstes machen?" fragte Alfred.

„Eine Antwort auf deine Frage finden." Stellte Andreas fest.

„Wollt ihr was zum Essen oder Trinken?"

„Nein." Antwortete Arnold.

„Ja!" schrie Andreas gleich heraus.

„Ich mache euch Toasts. Denn nichts Anderes wird ihr hier zum Essen finden." Informierte Alfred und ging Richtung Köche. Als er schon ein wenige Schritte weg war, beginnt plötzlich Arnold zu reden. Wie vorhergesehen fragte er gleich:

„Er studiert? Ist er aus der Stadt?"

„Nein, man. Ich habe ihm bei einem Oktoberfest kennengelernt. Seit damals trinkt er kein Alkohol mehr." Von Arnolds Gesichtsausdruck konnte man sehen, dass er sehr verwirrt war. Er konnte es sich einfach nicht erklären, welcher Typ zuerst, betrunken war. Denn nüchtern wurde der Eine, mit dem Anderen nicht sprechen. Die Geschichten von Andreas kamen ihm mit der Zeit immer, komischer vor, aber das war jetzt nicht sein größtes Problem.

„Kannst du mir endlich sagen, was du da in der Hand hast!" schnell wechselte Andreas das Thema, denn er wollte nicht länger über Alfreds sein Leben reden. Arnold hielt das Ding immer eher versteckt, als hätte er eine Geheimwaffe mit.

„Hast du das in der Schule gemacht und willst damit jetzt einen Schulwettbewerb gewinnen?" fragte Andreas ihm, da es sehr wahrscheinlich war.

„Das ist mehr wert." Fängt er an und gibt es auf den Tisch. Seit so langer Zeit konnte er endlich dieses Gerät von der Nähe sehen. Eine Flüssigkeit mit der Farbe Kupfer, ein Handgriff mit der Farbe Blau und den typisch metallischen Glanz. Auch ein paar Flecken von der Farbe Orange konnte man an manchen Stellen sehen, die nicht genau ausgemessen oder zugeschnitten waren. In Allgemeinen sah es nicht so schlecht aus.

„Wer hat dir das gemacht?" Andreas war im Nerven von Arnold schon spezialisiert.

„Niemand! Das habe ich Stundenlang alleine gemacht!" schrie Arnold.

„Schierch, aber ok. Was kann das Ding?" Arnold ist tomatenrot vor Wut. Solche Menschen wie ihm fiel es Andreas leicht zu nerven.

„Wenn mein Verdacht richtig ist, dann brauchen wir ein paar Augen." Erklärt Arnold.

„Wieso?"

„Ich habe es dir schon gesagt, es kann die Zeit zurückdrehen und…"

„Sag jetzt wirklich, wofür der Scheiß ist!" auch wenn Andreas so was Komisches an dem Tag erlebt hat, glaubte er Arnold gar nicht.

„Wenn du mir nicht glaubst, dann gib deine Augen her!" fordert wütend Arnold.

„Wieso Augen?!" Andreas ist verwundert.

„Wenn du es erfahren willst, dann leg dich hin und halt die Augen offen."

„Nein, ich werde nicht dein Versuchskaninchen sein!"

„Also bist du ein Angst Hase." Stellte Arnold fest.

„Was ist?" fragte nebenbei Alfred aus der Küche.

„Nichts!" schreit Arnold zurück. Arnold wusste genau, dass Andreas nie ein „Angsthase" oder „Weichei" genannt werden wollte. Immer zeigt er, wenn nur die Möglichkeit da ist, dass er „cool" ist. Auch dieses Mal gab Andreas nicht auf und legte sich hin mit weit offenen Augen. Mit voller Freude schnappte sich Arnold seine mittelgroße Maschine in die Hand. Noch immerhin glaubte Andreas selbst nicht, dass er es macht. Eine Nadel von einer Spritze tauchte plötzlich vor seine Augen auf.

„Hey! Du sagtest nichts von einer Nadel!"

„Und du sagtest nicht, dass ich keine benutzen kann." Verteidigte sich Arnold.

„Aber…Du…" Andreas fielen keine Worte mehr ein. Auf keinen Fall, wollte er seine Augen verlieren.

„Beruhige dich, ich tropfe es dir nur auf den Augen. Glaubst du wirklich, dass ich dir die große Nadel ins Auge reinstehe?" fragte Arnold mit einem Lächeln auf dem Gesicht. „Du hast vor einer Minute gesagt, dass du die Zeit zurückdrehen kannst, also... kann ich dir jetzt viel zutrauen." Andreas war sich noch immer nicht sicher ob, dass ein großer Witz von Arnold war oder nicht. Aus den Spitzen der Nadel kam eine Flüssigkeit raus, mit der Farbe Kupfer. Im diesem Moment wurde es wirklich ernst. Die geschwitzten Hände von Arnold umklammerten die Handgriffe der Maschine. Es kommt ihm komisch vor, aber es gab kein Zurück aus der Situation. Andreas legt sich auf die zwei Stühle, auf die Arnold und er vor einen Moment gesessen sind. Die Sesseln sind nicht recht bequem, aber er konnte kein „Feigling" sein. In dem Moment kam Alfred von der Küche. Es fiel ihm kein Wort ein, daher schaut er nur zu. Andreas Kopf war weit nach hinten gestreckt. Mit jeder Sekunde hat er noch immer mehr Angst, dass er Blind sein würde.

„Ich hab's gleich." Stellte Arnold sicher.

„Was macht's ihr?" fragte Alfred, der nicht genau kapierte was jetzt gleich passieren würde.

„Ich habe alles unter Kontrolle." Versicherte Arnold wieder.

„Ist das nicht gefährlich? Andreas, bist du dir da sicher was du machst?" Alfred ist sich nicht ganz sicher, daher steht er in der Ecke und wartet, was passiert.

„Was soll schon passieren?" fragte Andreas, der innen drin mit der Zeit immer mehr und mehr Angst hatte. Für ein kurzes Moment schaute Andreas nur auf die Wand. Es ist ein eigenartiger Augenblick. Mit zu geschlossenen Augen, bettete Andreas, dass er den Tag einfach überlebte. Er wollte mitsamt seinem Körper nach Hause kommen, ohne schwerere Verletzungen.

„Ich hab's!" fangt Arnold den Satz an. Andreas wusste, dass sein Tod schon nahe ist.

„Soll ich dir in irgendetwas helfen?" fragte höflich Alfred.

„Nein, nein! Es passt schon!" Andreas freute sich schon als hätte er gleich ein Nobelpreis bekommen. Er beugte sich über Andreas und gibt die Nadelspitze genau über die Augen von ihm.

„Willst du es nicht machen?" man sah schon die Angst in den Augen von Andreas.

„Nö, alles cool." Antwortete er.

„Mach die Augen breiter auf." Befehlt Arnold. Der Moment geschah. Aus der Spitze der Nadel kam eine Flüssigkeit heraus, mit einer ähnlichen Farbe wie

Kupfer. Für die Jungs war in dem Moment, eine Sekunde, wie eine Minute. Alle schauten zu was passieren wird, denn niemand wusste es. Jede Mutprobe hat Andreas überstanden, wieso sollte er sich jetzt vor etwas fürchten. Er spürte, aber eine große Angst. Noch in der letzten Sekunde wollte Andreas die Augen zumachen, aber er schaffte es nicht. In gar keiner Stunde oder Minute fragte er nach wie das Ding eigentlich funktionierte. „Das war ein Fehler" stellte er in der letzten Sekunde fest. Wegen so einer dummen Aktion könnte er blind werden. Noch immer begriff er selbst nicht wieso er, der Idee zustimmte. Es war zu spät. Es war auf den Augen von Andreas. Plötzlich wurde er ohnmächtig. Andreas stürzte von den Stühlen herunter.

***

„Hilfe" schrie Arnold. So schnell wie nur möglich rannte Alfred zu den Zwei.
„Was hast du gemacht?"
„Keine Ahnung." Heftig begann der Körper von Andreas zu schütteln.
„Was ist mit den Augen passiert!? Seine Adern werden orange!" schrie Alfred.
Arnold stand an einer Stelle, darum bemerkte er, das komische Geschehen nicht. Andreas sah wie ein goldenes Zombie aus. Seine sehr weit geöffneten Augen waren in

der Farbe Kupfer, an manchen Stellen von der Hand konnte man die orange Farbe sehen. Wie wild schüttelte sein Körper als hätte er ein Anfall. Beide Hände waren zu einer Faust gemacht. Man konnte sehen, dass er etwas sagen wollte, aber es gelang ihm nicht.

„Ruf die Rettung an Jetzt! Mach!" Alfred hatte gleich die große Panik.

„Ich habe mein Handy nicht da!" Mit aller Kraft lief Alfred in die Küche und suchte sein Handy. In der selben Zeit hörte Andreas Körper auf zu schütteln. Noch immer glaubte Arnold an all den nicht was gerade passierte. Vielleicht hat er sein Schulkolegen umgebracht? Das wusste er selbst nicht. Wie aus dem nichts tauchte Alfred wieder wie ein Blitz auf.

„Sollen wir ihn Wasser geben?" fragte Arnold erschreckt.

„Ist das wirklich deine einzige Sorge jetzt? Ruf die Rettung an!" Alfred gab ihm das Handy und machte danach die stabile Seitenlage bei Andreas falls etwas passieren sollte.

„Mach schon!" die Panik übernahm die Kontrolle über Alfred.

„Jaa!" Er machte ihm sehr viel Stress. Nach ein paar Minuten erreichte Arnold jemanden. Nach allen Erklärungen von der

Notrufnummer mussten die Beiden nur noch warten.

„Was kann er haben?" fragte Arnold.

„Was hast du in dem Metall-Ding drinnen?" haltet Alfred eine Rückfrage.

„Das ist ein Geheimnis."

„Sie werden dich sowieso fragen, sag jetzt!" Als Arnold fast sein Geheimnis gesagt hat, fing Andreas an etwas zu murmeln.

„Farbenblind wird sterben! Farbenblind wird sterben!" Noch ein paar Mal wiederholte Andreas den Satz.

„Wird er sterben?" fragt Alfred erschrocken und gar nicht ironisch.

„Ich denk nicht, ich hoffe nicht." antwortete Arnold beängstigt.

Die Notrufnummer wollte weitere Fragen stellen, aber Alfred wusste selbst genau nicht was passiert ist.

„Dann denk besser nach!" schrie Alfred voller Wut. In dieser Situation war Alfred einfach außer sich.

„Rettung, Rettung!" murmelte noch ein bisschen lauter Andreas aus sich heraus. Plötzlich legte die Notrufnummer auf.

„Hallo!?" rief Alfred noch in der Hoffnung, dass sein Handy nur kurz kein Empfang hatte. Beide Burschen schauten sich geschockt an. Keiner wusste, was jetzt passieren sollte.

„Die werden zurückrufen oder?" fragte Arnold, mit den Gedanken, dass Alfred ihm positiv antworten wird. Plötzlich erwachte Andreas. Nach ein paar Mal blinzeln, wurden seine Augen wieder normal. Die orange Farbe auf seinen Augen verschwand. Als er aber die Hände öffnete, konnte man Blut sehen. Vielleicht hat er die Hände zu fest zusammengepresst. Andreas lehnte sich an die Sessel und wartete.

„Mir ist schwindlig." Nur den einen Satz konnte er richtig bilden, bevor er auf's WC rannte und sich übergab. Arnold wollte gleich zu ihm rennen, Alfred sagte aber: „Warte ab, er wird dir sowieso jetzt nichts sagen können."

„Wir müssen das Ding schnell abschaffen!" Alfred zeigte auf die Erfindung von Arnold. Ohne nachzudenken protestierte Arnold. Sie fingen an sich zu streifen. Auf einmal nahm Alfred seine Erfindung.

„Lass es!" Von 0 auf 100 Prozent wurde Arnold sauer. An diesem Projekt hat er zu lange gearbeitet um in einer Sekunde ihm einfach wegzuschmeißen. So schnell wie Alfred es nur konnte, verschwand er aus den Zimmer.

„Hey!" jetzt wurde Arnold wirklich böse und rannte Alfred nach. Zum Glück war er nicht zu schnell für ihm.

„Lass es los!" Arnold probierte Alfred es weg
zu nehmen, aber er hatte zu viel Kraft. Beide
fingen an Argumente zu nennen, wieso
genau die Entscheidung richtig sein sollte.
Ein heftiger Streit begann.
„Lasst den Scheiß!" schrie auf einmal
Andreas. Sie drehten sich um. Es gelang
Arnold die Maschine Alfred wegzunehmen
wegen der einer Sekunde, wo er auf Andreas
sah und nicht aufmerksam war.
„Ich habe gesehen wie die Frau stirbt, wir
müssen los!" Danach rannte Andreas aus der
Wohnung ohne auf die Anderen zu schauen.
Alfred und Arnold wussten nicht was sie
machen sollten.
„Ich werde dir nachher das Ding zerstören."
Stellte Alfred sicher und ging auch Weg. Um
zu wissen, was seine Erfindung, Andreas
angetan hat, hastete ebenfalls Arnold aus
den Wohnblock. Draußen war es noch mehr
Schnee als zuvor und es war Stockdunkel.
Sicherlich musste Alfred einen anderen
Ausgang wissen, denn er sah nicht wie ein
schneller Läufer aus, war aber ein paar Meter
vor Arnold. Er war sich, aber nicht sicher ob
es Alfred war, denn er konnte nur Umrisse
sehen. Die Person drehte sich um in der
Hoffnung, dass Arnold hinter ihm stand. In
dem Moment wusste er, dass es Alfred ist.

„Lauf hinter ihm her! Ich kann…" Alfred musste tief Luft schnappen. Wie es aussah, war sprinten nicht seine Lieblingstätigkeit. Mit so viel Schnee auf der Straße, konnte Andreas sicher nicht mit dem Rad fahren. Noch immer war Andreas in rennen besser als er. In einem Moment dachte, sich Arnold, dass es eine gute Idee wäre, dass er nach ihm schrie. Nach ein paar Überlegungen stellte er fest, dass er dumm wäre, denn Andreas wurde dann vielleicht vor ihm noch schneller wegrennen. Arnold war nie ein guter Sportler, aber für jeden Preis musste er wissen, was mit seinem Freund passiert war. Dazu hatte Andreas noch ein Fahrrad, mit dem er noch schneller sein konnte.

„Renn!" schrie Alfred noch hinterher. Es war nicht so leicht für Arnold schnell zu rennen und noch dazu schneite der Schnee. Vielleicht war es Mitternacht, aber, dass interessierte Arnold in dem Moment gar nicht. Die Information war für ihm jetzt völlig egal. Sein Ziel war jetzt Andreas zu schnappen. Zum Glück trifft er endlich ein Punkt wo man die Fußabdrücke von Andreas sehen konnte. Überraschenderweise sah man die Abdrücke von seinem Fahrrad nicht. Arnold stellte fest dass, Andreas sogar ohne dem Fahrrad schneller sein würde als er selbst. Als Arnold weiter ging konnte er

bemerken, dass Andreas immer größere Schritte gemacht hat. Auch wenn er nicht geschnappt sein wollte, würde man die Schritte sowieso sehen, denn der Schnee war mit der Zeit höher und überall. Es dauerte wirklich ziemlich lange, aber nach einer Weile, war er schon am Ziel. Arnold befand sich auf einem kleinen Hügel. Er konnte es selbst nicht glauben, was er gerade sah. Es passierte, aber wirklich. Mit jedem Schritt war er noch mehr und mehr im Schock. Ein Krankenwagen stand in der Mitte einer kleinen Straße zwischen zwei Häuser. Vor dem Wagen lag ein Mensch voller Blut. Man konnte sogar nicht erkennen ob es eine sie oder er ist. Es war nur ein Fleck voller Blut. Die Sanitäter konnte man gar nicht sehen. Es könnte ihnen auch was passiert sein. Zum Glück, aber entdeckte Arnold, Andreas der unter einer Lampe in dunklen, dem Geschehen zuschaute. Wie eingesteinert rührte er sich nicht ein Zentimeter. Noch immer war sich Arnold nicht sicher ob er mit ihm reden sollte, aber ohne nachzudenken ging er letztendlich in seine Richtung.
„Hast du es in deinen Gedanken gesehen?" sagte leise Arnold.
„Ja" antwortete er kurz ohne sich zu fragen woher er das wissen sollte oder wegzurennen.

„Wir müssen denen helfen. Komm." Schlug Arnold ruhig vor.

„Geh dort nicht hin!" schrie er plötzlich. Arnold blieb stehen, denn er vermutete, dass Andreas noch irgendetwas in seinen Gedanken gesehen hat. Plötzlich konnte Arnold etwas hinter den Krankenwagen erkennen. Ein schwarzes Auto, das sehr schnell fuhr, aber nicht stoppen wollte. Es war schon sicher, dass ein nächster Unfall passieren würde.

„Wird noch etwas passieren?" Arnold war sehr neugierig, denn bei der Maschine hatte er Stundenlang gebraucht und daran gearbeitet, dass sie funktioniert. Er hatte Angst, dass etwas schieflaufen könnte. Schließlich konnte Andreas etwas Schreckliches passieren. Mit seinem Körper, Augen oder Gehirn. Das Wichtigste war für ihn jetzt die Erfindung und was Andreas sagen wird. Es war, aber ein Geheimnis, wie er die Maschine gebaut hat, das wollte er für sich selbst lassen. Die Erfindung, war noch nicht fertig, aber wenn sie schon so weit sein wird, dann wird er sie durch ein Gebrauchsmuster schützen müssen.

„Wir können jetzt gehen." Sagte Andreas unbesorgt, als der schwarze Sportwagen genau in das Krankenwagen, mit einer hohen Geschwindigkeit, hineinfuhr.

„Wir da jetzt nichts anfangen zum Brennen?" fragte Arnold unruhig.

„Nein." Beide trotteten den Gehweg entlang unter den Straßenlampen, die nicht sehr viel Licht von sich gaben. Es war fast stockfinster, darum hatte Arnold Angst, aber mit dem Wissen, dass Andreas schon in die Zukunft geschaut hat, fühlte er sich wohler. Wegen der ganzen Sache vergaß Arnold, dass es überhaupt Silvester war und hörte die Schüsse und sah die Farben am Himmel rot in dem Moment.

„Schade, dass wir kein Feuerwerk mithaben." Arnold zeigte mit dem Finger auf den Himmel, wo gerade eine Rakete explodierte.

„Komm jetzt, wir müssen gehen!" schrie Andreas, als wäre es Lebenswichtig.

„Was ist mit dir jetzt?" Andreas konnte nicht antworten. Sein Gesicht sah aus, als hätte eine übernatürliche Kraft über ihn die Kontrolle übernommen. In denselben Moment machte Andreas die Augen zu. Sein Körper begann zu schwanken.

„Andreas?"

„Ja?" seine Stimme war nicht normal. Es hörte sich an, als hätte ein komplett anderer Mensch geredet.

„Es ist nicht lustig! Andreas, rede normal!" Da begriff Arnold, dass es keine gute Idee war seine Erfindung, an einem Freund, auszuprobieren. Vor ein paar Sekunden freute er sich schon, dass alles an seiner Maschine passen würde. Es tat ihm sehr leid, dass genau Andreas, das Versuchskaninchen sein musste. Er konnte es, ja an einem anderen Menschen ausprobieren.

Unerwartet übergab sich Andreas in den Schnee. Seine Speibe waren glänzend rot. Genau wie die Farbe des Kupfers. Andreas lag am Boden und Arnold stand wie eingesteuert da und wartete, was als nächstes passierte. Er hatte sich am Anfang nicht mal die Frage gestellt was für ihn wichtiger ist. Sein einziger Freund oder seine einzige Erfindung? Darüber hat er gar nicht gedacht und das war ein Fehler. Schon seit dem Morgen wusste er, dass es ein eigenartiges Silvester wird. Wegen der ganzen Panik konnte er sich nicht rühren.

„Du!" hörte Arnold auf einmal von der Ferne. Er war so ihm Schock, dass er nicht mal die Stimme erkannte.

„Hallo!" schon wieder. Noch immer konnte er sich nicht zusammenreißen. Mitleid, Angst, Panik, Chaos und Hass auf sich selbst, hatte Arnold gerade in seinen Kopf. Es war schrecklich, dass er sich in so einer Situation befand. Die Zeit konnte er, aber nicht zurückspulen. Das hätte er derzeit lieber als irgendwelche Vorhersagen vom Andreas.

„Hey!" wiederholte die Stimme, aber Arnold drehte sich noch immer nicht um. Der Fakt, dass wegen ihm unbekannte Menschen gestorben sind, ließ ihm einfach nicht los. Noch dazu lag vor Arnold, Andreas der vielleicht auch schon längst nicht mehr atmete und dass alles wegen ihm. Es war für ihm zu viel geschehen und noch der Schnee, der die ganze Zeit rieselte, auch wenn man ihn nicht sah, konnte man es spüren. Das alles war allein seine Schuld. Ohne Plan stand er am selben Platz, ein paar Minuten, aber für ihm fühlte es sich an wie eine ganze Weile.

„Hörst du mich?!" die schreiende Person war das Letzte, was Arnold in diesem Moment gebrauchen könnte. Wie aus dem nichts, war der Mensch neben ihm.

„Bist du schwerhörig oder so? Ich habe die ganze Zeit geschrien!" Arnold vergaß völlig, dass Alfred noch mitrannte. Als Alfred bemerkte, was sich hier abspielte, war er kurz auch im Schock.

„Ich nehme ihn nach Hause und du schaust, was dort vorne passiert ist." Sagte Alfred als, er sich schnell beruhigte.

„Ich will hier nicht allein sein." Protestierte Arnold. In seinen Gedanken spielte sich schon Szenen ab, welches Unglück er haben könnte. Vielleicht, würde er für den Tod der Person beschuldigt werden oder es kommt noch ein Auto und überfährt ihm. Noch weitere dramatische Ideen hatte Arnold ihm Hinterkopf.

„Gehen wir einfach zur Polizei gemeinsam und sagen alles!?" Alfred wollte es rasch wie es nur geht klären. Arnold machte es, aber nicht leichter.

„Dort liegen Leichen, wir müssen es jemanden sagen!" Alfred zeigte auf die Unfallstellte. Außerdem, dass es Arnold sehr leidtat, musste er wissen was mit Andreas passiert ist. Es war ja sein erstes Versuchskaninchen und die Chance konnte er nicht zurücklassen. Die Frage, die er sich noch vor ein paar Sekunden nicht beantworten konnte, war ab jetzt beantwortet. Die Erfindung an die er so lang gearbeitet hat, war wichtiger. Als Alfred gekommen war, war der Mitleid von Arnold nicht mehr so groß zu den Menschen die dort gestorben sind. Noch immer stand er dort wie eingesteinert da, aber die Gefühlte schwankten.

So, dass es Arnold nicht bemerken konnte, nahm Alfred den Andreas auf die Schulter und ging zu der Unfallstellte. Man konnte genau sehen, dass es ihm sehr schwerfiel. Ab jetzt wurde für Arnold, seine Maschine für ihm wichtiger als die Menschen. So lange wurde sein Bruder gemobbt und niemand hat ihm geholfen. In ein paar Tagen würde vielleicht sein Vater sterben und niemand kann ihm helfen. Wieso sollte er es also für die anderen machen. Nach der schweren Entscheidung, was für Arnold in Leben wichtiger ist, rannte er zum Alfred und gab ihm einen Tritt in den Fuß. Mit einem lauten „Bum" fiel Alfred auf den Schnee mit Andreas.

„Was machst du?!" Alfred begriff nicht, was gerade in den Moment passierte. Er wollte nur noch jemanden retten der vielleicht auf der Unfallstelle noch lebte.

„Die Erfindung ist für mich wichtig!" schrie Arnold und eilte mit Andreas unter den Arm in die andere Richtung. In diesem Moment fühlte er sich schlecht, aber die Tatsache, dass er so lang an dem Projekt gearbeitete hat, übernahm über ihm die Kontrolle.

„Komm her!" schrie Alfred. Noch nie war Arnold so egoistisch. Doch er fühlte sich sehr frei.

„Du bist ein Mörder!" brüllte Alfred so laut wie er nur konnte, damit Arnold stehen blieb, aber es funktionierte nicht. Die Gedanken von ihm waren schon komplett wo anders. Er stellte sich ein neues Leben vor. Wenn die Welt seine Erfindung sehen wird, wird er kein langweiliger Streber mehr. Alle werden ihm kennen, vielleicht wird er noch etwas erfinden. Mit den Gedanken raste er so schnell wie es ging, in Richtung seines Fahrrades los. Die Angst, Schock, Panik oder Hass war gar nicht wegen den Gestorbenen da, sondern, wegen dem Glück. Er hatte etwas in seinem Leben geschafft. Etwas tolles oder vielleicht Unglaubliches. Es stand nicht fest ob es zu 100% so funktionierte wie er es sich vorgestellt hatte, aber man hörte noch das Atmen vom Andreas, also hatte er schon eine große Hoffnung, dass sein Plan in Erfüllung gehen wird. Arnold fühlte sich wie ein Künstler, der Frei geworden ist. Das Geld, Berühmtheit, viele Menschen rund um ihn, eventuell Partys. Die Sachen waren für ihn nicht wichtig. Nur der eine Einzige Punkt, dass endlich er der erste Mensch in Zental wurde, der etwas erreichte, der etwas Neues erschuf. Womöglich könnte er vielleicht mit der Erfindung, die Welt verändern. Sein Ziel war ihm nahe. Nichts anderes hatte er in diesem Augenblick im Kopf. Vor dem ganzen Glück, der ihm so mitgerissen hat, hatte er in keiner Weise geschaut, ob sein Freund noch überhaupt leben konnte. Wegen den Blitzschnellen, aber kurzen Gedanken blieb Arnold stehen.

„Hey!" er schüttelte die Hände des Freunds. „Hörst du mich!" Arnold schrie noch lauter. Keine Antwort. Es wäre klüger, wenn er ihm zuhause angeschaut und versorgt hätte. Vielleicht war es doch schon eine Leiche, denn seit einer Minute hörte, er kein schweres Schnaufen von ihm. Es wäre dann klug, wenn er Alfred geholfen hätte. Chaos war wieder in seinem Kopf. Ein letztes Mal brüllte er:

„Andreas!" Sein Körper zitterte kurz. Die Lippen bewegten sich, also wollte er ein Satz bilden. Die Augen bewegten sich unter den Augenlider in alle Richtungen. Eine von seinen Händen streckte er nach vorne, die andere ließ er unten. Wenn Andreas grün wäre, könnte Arnold ihm als Zombie bezeichnen. Das Alles passierte für Arnold zu schnell. Er wollte nur eine Maschine bauen die etwas Besonderes wird. Als Arnold nach der Strecke die ihm wie ein ganzer Kilometer vorkam (was ja nicht wirklich war), gelang er endlich zum Wohnblock von Alfred. In diesem Moment stand er vor den Wohnblock. Er wollte eigentlich wegfahren, aber die Maschine war in der Wohnung. Die Fenster waren sehr hoch und die Türe war zu. Improvisation, war nicht Arnold's stärke. Seine Angst würde größer denn, Alfred konnte jede Minute kommen. Das Fenster einfach zu zerbrechen und einschleichen wollte er auf gar keinen Fall. Die Erfindung war für Arnold sehr wichtig. Plötzlich geschah etwas, was Arnold helfen konnte. Endlich erwachte Andreas. Er fiel auf dem Boden. Nassen, schmutzigen und rutschigen Boden. Nur ein lautes „Au!" konnte man von ihm hören.

„Was hast du gesehen!" die Neugier war kraftvoller als Arnold. Andreas wusste nicht was passierte. Er lag in den Schnee und versuchte sich zu orientieren was gerade geschah.

„Andreas!" Arnold brauchte Andreas auf der Stelle. Selbst würde er es nicht schaffen die Maschine von Alfreds Wohnung wegzubekommen.

„Steh auf!" Arnold stand gerade unter Stress. Für ihn zählte in diesem Moment nur seine Neuigkeit und der Traum, den er endlich erfüllen könnte. Langsam stand Andreas auf. Sein ganzes Gewand war waschel nass. Ein von seinen Augen war noch zu, die Haare standen in alle Richtungen und er streckte sich aus als wäre er gerade von einem tiefen Schlaf aufgestanden. Mit einem Fuß, den er schief hingestellt hat, wollte er einen Weg

neben der Straße weitergehen. Arnold
konnte nicht zulassen, dass es dazu kommt
also stoppte er ihm und schrie ihn ins
Gesicht.

„Lebst du?!" Beide Augen öffnete er
plötzlich ganz weit auf. Man konnte sehen,
dass er irgendwelche Emotionen zeigen
wollte, aber er war noch nicht ganz bei sich.
Sein Gesicht war sehr verwirrt.

„Ich…" In seinem Kopf bildete sich schon ein
Gedanke, aber es war ihm zu schwer daraus
ein Satz zu bilden. Arnold wusste schon,
dass daraus nichts werden wird.

„Willst du rein?" Arnold konnte seinen
eigenen Augen nicht glauben, wer gerade
vor ihm stand. Die Frau Aichinger, eine
ältere Frau, die eigentlich schon schlafen
sollte, stand vor ihm und fragte ihm ob er
Hilfe braucht.

„Ja!" antwortete Arnold ohne nachzudenken.
Es war sehr dunkel, darum bemerkte Arnold
fast selbst die Frau Aichinger vor sich nicht.
So schnell wie möglich, schmiss Arnold den
Andreas wieder in den Schnee, dass er auf
gar keinen Fall bemerkt wurde.

„Danke ich habe mein Schlüssel vergessen!"
Arnold bedankte sich und Frau Aichinger
fing an zu reden. Viel reden. Einfach ein
Schock. Nur er wusste nicht, ob der Schock
von Frau Aichinger's reden war oder von

dem, dass sie sich überhaupt um die Uhrzeit und an den Ort trafen. Wie immer konnte sie einfach nicht aufhören zum Reden. Sie fragte sogar nach Sachen die sie schon wusste.

„Wieso feierst du nicht in der Stadt?" dass, sie das als letztes frage, wunderte Arnold. Er selbst würde danach als erstes Fragen. Sein erster Gedanke, war ihr zu sagen, dass er etwas vergessen hat, aber sie würde sicher die nächsten Minuten nachfragen, wieso, warum, wann oder weshalb er etwas vergessen hat. Sie schaute auf Arnold schon sehr schief, als wollte sie sicher blitzschnell eine Antwort haben.

„Ich muss schnell jemanden treffen und wieso sind sie nicht in der Stadt?" Die Frage war ein voll Treffer. Denn die Frau vertiefte sich in der Geschichte wie sie zuerst in der Stadt war und danach nach Hause kommen musste weil… Arnold hörte ihr schon nach den zweiten Satz nicht mehr zu.

„Danke für die Hilfe, aber ich habe es wirklich eilig. Schönes neues Jahr, Auf Wiedersehen!" verabschiedete er sich. Frau Aichinger wollte noch etwas sagen, aber Arnold war schon bei der Treppe und konnte sie nicht hören. Sein Bauchgefühl sagte ihm, dass es der richtige Moment war, sonst würde er vielleicht die nächsten paar Stunden dort stehen und noch weiter zuhören müssen. Sie könnte ihm noch auf ein Kaffee oder Tee einladen, was die größte Katastrophe sein würde. Wenn er es abgelehnt hätte, würde sie ihm bis Lebensende ohne einen weiteren Grund, schief anschauen. Das wollte er vermeiden um von seiner Mutter keine lange Erklärung kriegen, wieso man zu dem älteren Menschen nett sein sollte. Ohne nach hinten zu schauen ließ Arnold die Frau Aichinger im Erdgeschoß und ging weiter selbst auf die Wohnung von Alfred zu. Wegen dem ganzen Schock über Andreas, vergaß Arnold, dass er noch die Türe der Wohnung von Alfred öffnen muss. Als er schon vor der Tür stand, dachte er stark nach wie er sich dort schnell einschleichen könnte. Auf einmal bemerkte er ein Falten beim der Eingangsmatte.

„Ja!" schrie er vor Glück.

Ein Schlüssel konnte dort versteckt sein und so war es auch. Blitzschnell sauste er rein und raus mit der Erfindung. Danach eilte er zum Andreas und nahm ihm unter dem Arm. Noch immer lag er auf den matschigen Schnee. Andreas war nicht sehr leicht, trotzdem musste ihm Arnold mitnehmen. Sein „Testobjekt" musste er mitschleppen, auch wenn, es sehr schwierig war. Als Arnold beim Fahrrad ankam, probierte er ein nächstes Mal mit Andreas einen Kontakt aufzunehmen. Dieses Mal erreichte er sein Ziel und das Einzige, was Andreas machen musste, war sich an Arnold bei der Fahrt festzuhalten. Es war für Arnold nicht leicht die Maschine während den fahren zu halten und das Fahrrad zu steuern, aber er schaffte es. Es stellte sich jetzt nun die Frage, „wo er hinfahren sollte?" Sein eigenes Haus war keine gute Idee, aber es fiel ihm keine bessere ein. Er fuhr also dort hin. Es war draußen kalt. Seit Arnold seine Maschine ausprobierte bemerkte er nicht, dass das Adrenalin ihm nicht los ließ. Sein Gehirn konnte nicht alles verstehen, weil es unglaublich für ihm war, welche Dinge an den Silvester passierten. Wackelnd hielt sich Andreas an Arnold fest. So ein Abenteuer hatte Arnold noch nie in seinem ganzen Leben. Unter freien Himmel war es stockdunkel. Zum Glück hatte das Fahrrad, das eigentlich seinem Bruder gehörte, noch ein halbwegs funktionierendes Licht. Die Gefühle ließen Arnold nicht los. Die Gedanken über die Gestorbenen waren noch immer in seinen Kopf. „Wie konnte er das nur machen?" fragte er sich auf einmal. Als er mit dem Fahrrad fuhr hatte er Zeit zum Nachdenken. Arnold vertiefte sich in die Gedanken. Wie konnte es ihm so egal sein, dass Menschen gestorben sind. Er war so zielstrebig, dass er an die anderen vergessen hat. Was ist mit seinen Eltern? Was würden seine Geschwister sagen, wenn sie sich die ganze Geschichte angehörten hätten. Sie würden Arnold als ein Monster oder Teufel bezeichnet. Von solcher Seite hat er auf das Ganze, noch nicht geschaut. Sein Ziel wurde für ihm das Wichtigste. Es war dumm, aber die Erfindung stand für ihn jetzt an erster Stelle. "War er immer so?" stellte er sich die Frage. Wollte er seit immer nur noch den Menschen zeigen, dass er etwas wert war. Dass, er etwas mehr bedeutete als nur ein Mitschüler von dem die anderen leicht abschreiben können, weil er Angst hat, dass ihm jemand reinschlägt. Er kam sich auf einmal vor wie ein Psychopath.

„War es normal?" hinterfragte er ein letztes Mal sich selbst. Wegen den ganzen Überlegungen vergaß er völlig, dass es ihm kalt war. Auf der Durst und das Hunger vergaß er auch.

„Weit… noch?" hörte Arnold von hinten. Er war froh, dass wenigstens noch Andreas an seiner Seite stand, aber es konnte nicht mehr lange dauern. Andreas könnte nach den ganzen wütend oder erschrocken sein. Wie die anderen sicher auch.

„Wir sind gleich da."

In diesem Moment wusste er nicht ob er noch jemanden vertrauen sollte, sogar er selbst betrog Leute die er gut kannte.

***

Das Gefühl konnte niemand beschreiben. Es war im zugleich warm und kalt. Es war zugleich laut und leise. Sein Kopf war gleichzeitig im Himmel und in der Höhle. Sein Körper war leicht. Auf jeden Fall fühlte er noch seinen Leib, aber er war ein Schritt davor, davon zu fliegen auch wenn es sich komisch anfühlte und anhörte. Eine Derealisation konnte er auch in der Minute empfinden. Wie eine Krankheit ließ ihm das Feeling nicht los. In die Realität zu kommen war ihm nicht real, aber er probierte es. Seine Augen waren für ihn zu schwer. War es die Wirklichkeit oder nicht? Sein Dopamin war jetzt auf den höchsten Level. Wenn sein Bein in diesem Moment abgeschnitten wäre, hätte er es nicht Gefühl, weil sein Glückshormon es einfach nicht zu gelassen hätte, dass er etwas empfindet. Eine Achterbahn war in Vergleich zu der Empfindung, nichts. Einfach eine Runde Null. Wenn sich so das Sterben anfühlt, hat er davor keine Angst mehr. Vielleicht lebte er nicht mehr? Er war jetzt und in den Augenblick. Möglicherweise konnte es auch ein Klartraum sein.

„Sterbend auf der Erde oder Lebend im Himmel?" das war eine sehr philosophische und kluge Frage die er sich zum ersten Mal stellte.

„Hey!" schrie eine Stimme. In seinen Kopf, auf der Erde, oder war sie gar nicht hier? Unnormal. Chaos. Die zwei Wörter konnten sein Zustand erstmal beschreiben. Zeit spielte dort keine Rolle. Es konnte Nacht oder Tag sein. Die wichtigsten Rollen spielten, aber die Gefühle. Wenn er Angst und Panik hätte, fühlte er, dass er in ein schwarzes Loch fallen würde, wo er sich seinem größten Trauma entgegenstellen müsste. Von der Vergangenheit wusste er nichts mehr, als er noch nüchtern war. Die Zukunft sah er, aber die ganze Zeit, als er in seiner „Phase" war. Immer ein Schritt voraus. Die Gedanken waren schneller, besser, genauer oder personeller, denn viele Ereignisse passierten manchmal so, wie er sich es dachte. Genau gleich. Wie es aber im Leben immer ist, passierten auch Sachen unüberlegt, die niemand erwartet hätte. Alles geschah in seinem Gehirn spontan, es bestand also die Möglichkeit, dass das Gesamte gar nicht passierte und er in einem anderen Universum war. Gestern, jetzt oder Morgen. Das zählte nicht. Sein Ziel sollte jetzt sein, aus der „Phase" rauszukommen und vielleicht noch irgendwo Leben zu können. Er war auf sich selbst gestellt und müsste das Problem lösen. Andreas konnte es nicht weiter so aushalten. Das würde ihm von innen zerstören. Plötzlich tauchte in seinen Gedanken eine Wolke vor ihm auf. In einer unerkennbarer Farbe, mit heißen Wind auf ihm zu kommend. Als wäre er wirklich in die Höhle gegangen. Irgendeine Stimme sagte ihm, dass er nicht nach vorne gehen sollte, aber es war zu spät.

„Hey!" schrie Arnold. Andreas kam endlich zu sich. Er wachte auf. Alles, was bis zum diesem Moment passierte vergaß er. Die Angst dass, er sein ganzes Leben vergaß, lähmte ihm.

„Du lebst!" brüllte noch Arnold, aber Andreas war auf etwas ganz Anderes konzentriert. Andreas versuchte in einen normalen Zustand zu kommen. Die Beine und Arme konnte er nicht bewegen, aber sein Kopf war unter seiner Kontrolle. Die Umgebung konnte er nicht erkennen, denn eine Umdrehung würde für ihm jetzt zu schwer sein und vor sich sah er nur Arnold, der auf sein Gesicht ein riesiges Lächeln hatte und sich wie ein kleines Kind freute.

„Hilfe!" Er füllte, dass sein Mund auch gleich handlungsunfähig wird, also sagte er was ihm einfiel. Schlagartig veränderte sich die glückliche Mimik von Arnold in einen erschrockenen Anblick. Arnold nahm Andreas unter den Arm. Unerwartet spürte Andreas die Kälte, denn die Hände von Arnold waren eisig. Als sein Sichtfeld sich veränderte und jetzt nicht nur die hässliche Fresse von Arnold zu sehen war, konnte er erkennen, dass sie in einem Haus waren. Alle Rollos waren zu. Das Licht war überall eingeschaltet. Andreas füllte sich wie in einem Film. Die Zeit sah er nicht, aber es passierte so schnell.

„Wieso holt er niemanden?" fragt sich Andreas die ganze Zeit. Rasch legte Arnold ihm auf eine Sofa. In der Zwischenzeit konnte Andreas schon die Hälfte des Arnold's Hauses sehen. Er kannte sich dort nicht am besten aus. Denn das Einzige was er sich gemerkt hatte, war der Fernseher, auf den sie immer viele verschiedene Video-spiele spielten. Wegen der Sache fing in seinen Kopf an etwas zu passieren. Andreas fing an sich an manche Sachen zu erinnern und das war, das einzige positive in den Moment. Als hätte er sich von einer bösen Kraft befreit. Als hätte ihn etwas losgelassen. Übergangslos konnte er sein ganzer Körper endlich bewegen.

„Ich lebe!"

„Du lebst!" Andreas füllte sich als wäre er von den Toten auferstanden.

„Und wie war's?"

„Was sollte sein?" An manchen Sachen konnte sich Andreas nicht erinnern.

„Was hast du gesehen, wie hast du dich gefühlt…" Arnold wollte weiterreden, aber Andreas unterbrach ihm mit einer wichtigen Frage für ihn.

„Wie ist es überhaupt passiert?" Nachdem erklärte Arnold, wie es dazu gekommen ist, manche Erlebnisse erzählte er nicht zu Ende oder veränderte, damit Andreas nicht aggressiv oder panisch darauf reagierte. Als sich die Jungs alle Sachen geklärt haben, mussten sie warten bis der Körper von Andreas sich beruhigt. Beide stellten fest das die Maschine gefährlich ist.

„Wir müssen es verkaufen, wir kriegen damit Millionen!" schrie Andreas heraus.

„Nein! Du musst zuerst zum Krankenhaus und dann schaue ich was ich damit mache." Arnold wollte ruhig bleiben, weil er wusste, dass es kein Spaß war, so eine Erfindung einen unbekannten Menschen zu geben. Manche würden es für nicht nützliche Taten verwenden.

„Du verstehst es nicht!"

„Du verstehst es nicht! Weist du wie viel Kohle wir mit den Metall- Ding verdienen können?" Andreas hatte im Kopf nur die Einkünfte.

„Du musst ins Spital, Jetzt!" Arnold wollte nicht das sein Schulfreund, wegen ihm stirbt, auch wenn er selbst das Ding der Welt zeigen wollte. Andreas sah schon, dass Arnold in Panik gerat.

„Bleib ruhig, alles ist gut!"

„Ich ruf jetzt an!" Die Diskussion konnte stundenlang so weiter gehen, wenn sich niemand bewegt hätte.

„Warte!" Arnold ging mit seiner Erfindung, in ein anderes Zimmer.

„Hey!" noch immer fühlte sich das Gehen für Andreas komisch an, aber er musste Arnold aufhalten. In derselben Zeit war Arnold schon zwei Zimmer weiter und schnappte sein Handy. Anrufe, Nachrichten oder Meldungen von verschiedenen Spiel Apps, die Arnold seit ein paar Stunden schon auf seinem Smartphone hatte.

Ein weiteres „Hey!" konnte Arnold hinter sich hören, aber er blieb nicht stehen. Eigentlich wusste Andreas nicht wieso Arnold ihm ins Krankenhaus schicken wollte. Es ging nicht um seine Gesundheit. Arnold war höchst interessiert daran, welche positiven oder negativen Wirkungen seine Maschine hat. Dieser Autounfall zeigte ihm, dass er etwas in der Welt verändern kann.

Nicht er selbst. Nicht alleine, Arnold
Schießberger, aber seine Erfindung. Es gab
ihn ein Gefühl der Hoffnung.
„Warte!" Andreas schnappte seine Hand
und das Handy.
„Du musst ins Krankenhaus!"
„Es geht mir gut!" er war sich selbst nicht
ganz sicher, ob das, was er sagte, wirklich
stimmte. Bis jetzt spürte er kein Schmerz,
aber es konnte sein, dass etwas in seinem
Körper zerstört oder infiziert sein wurde
oder schon ist. Andreas musste sich selbst
innerlich überzeugen, dass ihm sichergut
geht.
„Es ist alles bestens!" Das Gespräch hatte
längsten kein Sinn. Es geling Andreas,
sowieso Arnold zu überreden, dass er keinen
Anruft. Die Argumente waren nicht sehr
überzeugend. Für Arnold zählte seine
Erfindung allerdings mehr und das
Überprüfen von Andreas Körper würde
lange dauern.
„Du hast doch recht." Aber beide wussten,
dass um solche Uhrzeit am so einen Tag
niemand mit der Erfindung sich
interessieren würde, darum schlug Arnold
eine Idee vor:
„Wir warten bis morgen."
„Werden deine Eltern nicht wütend sein,
dass ich bei dir übernachte?"

„Ich bin immer das fünfte Rad am Wagen in den Haus. Das heißt sie werden nicht sehr besorgt sein, aber ich werde ihnen sowieso schreiben. Sie glauben, dass ich jetzt mit meinen Freunden irgendwo Silvester feiere."
„Was ist mit deinen Eltern?" fragte Arnold.
„Ich habe schon oft von ihnen Schimpf bekommen und dieses mal wird es auch nicht anders sein. Das ist aber für mich schon normal." Andreas wollte niemanden sagen, dass bei ihm zuhause finanzielle Probleme gibt. Das war immer der eigentliche Grund, wieso seine Eltern ihm nicht so viel Aufmerksamkeit geben. Es war ein anstrengender Tag, deshalb gingen sie gleich Schlafen. Keiner von Beiden wollte mehr reden. Arnold und Andreas wussten, ab jetzt, dass man mit der Zeit, doch etwas machen kann. Vor allem Andreas, denn, sein Gehirn hat es am meisten erlebt. Auch wenn es eine Lebensgefährliche Maschine sein könnte, würden sie sicher die Welt ändern. Somit könnte Andreas Arnold überzeugen, dass er die Hälfte von den Vermögen, (der ja nicht für so eine Erfindung klein wird) haben kann den er als erstes die Erfindung ausprobiert hat. Dieses Geld könnte ihm helfen seine Familie wieder, auf einen guten Lebensweg zu bringen und alle wären Glücklich.

**10 Jahre später**

Silvester (nie wieder ein armer Junge)
Am genau 31 Dezember kriegte ich meine
ersten Millionen. Es war ein wundervolles
Gefühl. Die Eltern würden endlich stolz sein.
Noch nie hatte er sich so gut gefühlt. Man
konnte es mit einem Traum vergleichen. Noch
nie hatte er in Echt oder auf ein Bankkonto so
viel Geld gesehen. Das Dopamin war in
seinem ganzen Körper, als hätte er plötzlich in
Lotto gewonnen. Er wird jetzt Populär. Die
Augen verfolgen ihm auf jeden Schritt. Auf
der Straße schauten manche auf ihm zweimal
oder sogar mehrmals um feststellen zu
können ob er es wirklich ist. Um danach sich
ein Foto mit ihm zu machen. Manchmal fühlte
er sich als hätte ihn die ganze Welt schon
gekannt. Kameras, Fragen, Interviews, Fans,
Geld, Applaus und noch viele andere Dinge

die man noch erwähnen könnte. Vor der großen Geldsumme war er schon in der Schule populär, aber das war nicht das Gleiche. Die Erfindung hat ihm so berühmt gemacht, dass er nicht einmal wusste, wann es genau passierte. Das Gefühl der Freiheit konnte er auch empfinden. Mit so einem Betrag sind ihm sehr viele Sorgen entfallen. Viele Leute würden es nicht sagen, aber er hat davor keine Angst. Sein Ziel wurde erreicht. Noch immer kann er nicht begreifen, wie manche Sagen können, dass Geld nicht alle Probleme lösen können. „Und wie"! denkt er sich. Er muss bis Lebensende nicht mehr zur Arbeit gehen (und das Studieren hatte er nie geplant). So schnell wie ihm in letzter Zeit das Geld ins Konto „einfließt", wird er vielleicht in ein paar Wochen das nächste Million haben. In facto ist die Erfindung noch nicht so lange berühmt. Trotzdem wird sie sehr schnell bekannter und populärer. Jedes Kind hatte sich schon einmal gewünscht, eine Superkraft zu haben. Es wäre ja toll, fliegen, zaubern, Gedanken lesen oder das Wetter kontrollieren, zu können. In sein Leben ist aber das Wunder passiert. In diesem Moment kann er die „Superkraft" in der Hand halten und wann immer er will, benutzen. Nur. Sie ist tausendmal besser als die vorher genannten. Wissen, was uns in der nächsten,

Sekunde, Minute oder Stunde passiert ist doch fantastisch. Die Erfindung wird ein großer Fortschritt in unsere Geschichte sein. Millionen oder Milliarden von Leute werden sich für die Maschine interessieren. Logischerweise wird er dadurch auch mehr Geld verdienen und seine Familie wird in Geldscheinen schwimmen können. Ein Problem taucht in seinem Kopf doch, immer wieder auf. Es ist so, dass,…

Ein nächstes Interview! In ein paar Minuten geht's los! Ihm war nie bewusst wie viel so eine TV-Show Vorbereitungen braucht. Jeder hat etwas zu tun außer ihm. Alle Lichter sind in seine Richtung gerichtet. Eine Sonnenbrille wäre hier eine sehr große Hilfe. Er muss nur hier stehen und warten. Jede Wand ist weiß, zu heller Lichter strahlen ihm auf das Gesicht und die hälfte der Leute hier kennt er nicht. Er fühlt sich wie ein Rockstar der gleich sein Konzert starten wird. Die Adrenalin steigt, denn er kennt nicht mal die Fragen die ihm gestellt werden. Gleich werden auf ihm ein paar tausende Personen schauen. Kinder, Erwachsene, Großeltern, Eltern, Jugendliche. Einfach alle! Alles ist live. Sein Kopf ist leer, aber es wird ihm schon etwas einfallen. Es ist doch nicht sein erstes Mal vor der Kamera. Nur es werden immer mehr und mehr Leute. Die Erfindung interessiert mit jeden Tag immer mehr Menschen, denn sie war nicht nur für alte oder junge Menschen, sondern für alle. Jeder wollte wissen ob es die Menschheit wirklich geschafft hat in die Zukunft zu schauen. Er war noch ziemlich ein junger Erfinder, denn sehr viele Erschaffer waren schon nach den 30 Lebensjahr als sie ihre Erfindung der Welt gezeigt haben und er hatte noch ein paar Jahre vor sich um 30 zu werden. Mit der Zeit gewöhnt man sich an die vielen Leute und Kameras, aber der Stress taucht bei ihm jedes Mal auf. Schon seit ein paar Jahren hat er sich an das plötzliche Adrenalin angepasst, weil es anders nicht geht. Er schaute auf die alle Leute oder versuchte es zumindest, denn das Licht machte es ihm zu einer schweren Aufgabe. Man konnte bemerken, dass sie fast fertig waren und das Interview in ein paar Sekunden los ging. Es ging hauptsächlich um die Beleuchtung und dass die Kameras ihm von der besten Seite zeigten. Auf seinem Gesicht hatte er sogar Make-up, damit sein Gesicht nicht verschwitzt aussieht. Es dauerte eine Weile, bis sie ihm den Kram auf das Gesicht geschmiert haben, aber danach schaute er vor der Kamera wirklich besser aus.

„In 30 Sekunden geht's los!" schrie jemand ganz vorne, hinter all den Leute die herum liefen und alles, so schnell wie es nur ging, fertig machten. Er fing schon wieder an den Stress zu füllen. Manche Künstler oder Schauspieler beruhigen sich immer in solchen Situation mit verschiedensten Mitteln, aber das einzige was er sich jetzt wünschte, war Wasser.

„Haben wir hier Wasser?"

„Das Interview startet in 20 Sekunden und du fragst jetzt nach Wasser?! Es ist sowieso in ein paar Minuten aus." Wie es aussah, war der Interviewer auf eine solche Frage nicht vorbereitet. Es blieb Andreas nichts anderes übrig als nur zu warten.

„Herr Aicher! Bitte in die Kamera schauen!" brüllte plötzlich jemand hinter der Kamera. So schnell wie es nur ging stellte sich Andreas gerade hin und schaute geradeaus auf die Kamera. Auf sein Gesicht war ein leichtes Lächeln, denn man sagte ihm, dass es gut im Fernsehen aussieht, wenn man nicht zu breit lächelt. Wie gesagt, so auch gemacht.

„Los!" in diesem Moment fing der Interviewer an zu reden.

„Herzlich Willkommen in unserem nächsten Interview! Heute können wir eine nächste sehr bekannte Person bei uns Begrüßen. Seit ein paar Wochen schon redet das ganze Land oder besser gesagt… die ganze Welt über ihn!

Ein sehr junger Erfinder den die meisten schon gut kennen. Andreas Aicher!"

„Hallo!"

„Wie geht's dir so?" die Fragen, die er jetzt hören wird, hat er schon sicherlich 100-mal gehört. Trotzdem ist er wieder zu einem Interview gekommen, damit ihm noch mehr Leute kennen.

„Eigentlich sehr gut."

„Das ist ja perfekt! Wie füllst du DICH, wenn alle über DICH reden?" das Wort „dich" betonte der Interviewer sehr stark. Auf die nächsten paar Fragen aber, hat Andreas wie immer geantwortet, aber die letzte nervte ihm am meisten.

„Wirst du irgendwann mal deine Erfindung als ein Massenprodukt verkaufen oder wirst du die Idee niemanden verraten und es bleibt einfach bis zum Ende unbekannt?" Mit einem schönen Lächeln verdeckte der Interviewer sein Grinsen und die Neugier, denn er wusste, dass sehr viele Leute schon auf die Antwort warten. Seit anfang an hatte er die Frage gestellt bekommen, weil ja jeder Mensch so eine Zeitmaschine haben will. Dieses Mal antwortete er nicht anders als bei den anderen Interviews.

„Das ist sehr schwer zu sagen. Es war… und ist eine komplizierte Erfindung." Die Aussage stand schon in allen Zeitungen und in Fernsehen hatte er es schon zu oft gesagt.

„Auch wenn so eine Idee geplant wäre, kann ich nichts sagen." Sowieso gibt er manchen Leuten noch die Hoffnung. Eine kurze Pause zwischen den Satz machte der Interviewer und sagte dann:

„Ok! Danke, dass du zu uns gekommen bist. Ich habe gehört dass, du noch einige Sachen zu tun hast, also werden wir dich nicht mehr länger stören. Danke!"

„Dir auch danke!" Sie gaben sich die Hand und schauten gerade aus in die Kamera mit einem breiten Lächeln. Als der Kameramann das Gerät ausschaltete verschwand das Lächeln vom Interviewer's Gesicht sehr schnell. Er wurde zu einer anderen Person.

„Wieso hast du auf die letzte Frage nicht geantwortet? Du weißt ja, dass alle nur auf das Warten?" mit jedem Wort wurde er frecher.

„Weil, ich es selber nicht weiß." Der Interviewer äffte ihm nur leise nach und ging weg.

„Komm schon wir müssen ein nächstes Interview machen!" schrie der Interviewer auf den Kameramann und verschwand danach mit ihm.

„Kommen Sie Herr Aicher, es ist Zeit das wir auch schon gehen" Ein paar Meter neben ihn stand sein Manager. Ohne ihn hätte er nichts geplant, denn Andreas war sehr unorganisiert. Er konnte einfach keine Termine halten und er verspätete sich wenn er alleine war sehr oft. Beide gingen danach zu seiner schwarzen nagelneuen Limousine, sie brauchten, aber lang den das Gebäude war sehr groß, aber endlich schafften sie es rauszukommen.

„Wenn es live war, wieso haben sie dann die Kamera ausgeschaltet?"

„Es war nicht live. Wer hat dir das gesagt, dass es live war?"

„Der Interviewer."

„Er wollte nur, dass du kein Fehler machst, weil wenn es schon live läuft kann man es nicht mehr löschen."

„Sehr klug."

„Sie sollten eigentlich nicht lügen, aber für sie ist es dann leichter wenn du gestresst bist und mehr darauf aufpasst, was du sagst. Keine Schimpfwörter, keine Fehler. Für die TV ist das am wichtigsten."

„Klug" antwortete wieder Andreas. Eine Masse von Leuten stand vor dem Gebäude. Alle wussten, dass er ein Interview dort machen wird, weil es schon längst angekündigt war. Seine Limousine stand ein paar Meter vor ihn, aber die Masse ließ es nicht zu, dass er es dort hinschaffte. Ein paar

Leute mussten ihm helfen weiter zu kommen, sonst wurde er bis nächsten Tag dort stehen und Autogramme verteilen. Als Andreas es endlich geschafft hatte in das luxuriöse Auto zu steigen, wartete der Fahrer und Manager schon auf ihn. Sein Chef saß ganz hinten und der Fahrer schaute die ganze Zeit sehr aufmerksam nach hinten ob sie schon bereit zum Fahren sind. Ohne lange zu überlegen wie es der Manager geschafft hatte früher als er in das Auto zu steigen, setzte er sich neben ihn. Der Chef gab dem Fahrer ein klares Zeichen und sie fuhren los.

„Alle Sachen sind für heute erledigt wir können nach Hause fahren." Nach diesen Worten schnappte sich Andreas gleich ein Weinglas und goss Champagner hinein. Immer wenn der Manager das sagte hieß es, dass er mit niemanden reden musste, also hätten ihn jetzt ein paar schluck Alkohol nicht geschadet.

„Herr Aicher, ich weiß, dass ist für Sie ein langweiliges Thema, aber wir müssen über Ihre Erfindung reden." Sein Chef redete mit ihm seit immer so. Es nervte Andreas manchmal, aber er half ihn mit jeder Kleinigkeit und löste jedes Problem sehr einfach und schnell. Mit so einer Person will man immer gern arbeiten, auch wenn sie kein Humor hat und fast jeden Tag sehr Ernst ist.

Es war ja auch nicht die einzige Person mit der Andreas Zeit verbrachte, also störte es ihn nur an einzelnen Tagen, wenn sie nur zu zweit etwas Wichtiges machen müssten.

„Sie wissen ja, dass Ihre Erfindung sehr berühmt ist. Sie selbst haben die Maschine schon für verschieden Zwecke verwendet und deswegen sehr viel Geld verdient. Bei vielen Menschen auch die Aufmerksamkeit erregt, deshalb sind sie auch heute so berühmt." Die Monologe von seinem Chef hasste er. Trotzdem musste Andreas ihn achtsam zuhören, denn manchmal sagte er wichtige Sachen dazwischen. Während der Manager seine ganzen Erfolge und Misserfolgen aufzählte, trank er schon den Champagner fasst zu Ende und genoss einfach das Leben. „Aber es gibt jetzt ein sehr wichtiges Thema." Andreas spitzte die Ohren.

„Seit ein paar Monaten steigt die Nachfrage ob sie mehr von solchen Maschinen bauen werden. Sie müssen endlich auf die Frage beantworten denn, sonst werden sie Ihre Zuschauer, Millionen und auch weiteres Verlieren." Nach den zwei Sätzen hörte Andreas nicht weiter zu. Es reichte ihn schon die zwei Wörter. Verlieren und Millionen. Das konnte nicht passieren. Seit immer wünschte er sich, dass alle in seiner Familie reich sind und er natürlich auch. Seine Eltern stritten immer wegen des Geldes und endlich hat er es geschafft ihn zu helfen und sich selbst dabei auch. Ein teures Haus, Auto, sogar zwei oder drei, Klamotten oder Urlaub in Ländern, deren Orte er nicht aussprechen kann. Einfach alles was er sich für jetzt und hier wünschte. Um das alles nicht zu verlieren brauchte Andreas Hilfe von einem Menschen den er schon längst nicht mehr gesehen hatte. Das Treffen müsste stattfinden legte er fest in seinem Kopf, schon vor ein paar Jahren fest. Nur die Person würde ihn sicher nicht gern Einladen und nicht gern sehen. Das war aber die Einzige Hoffnung und auch die Letzte sein.

„Ich habe eine Idee, wie wir diese Frag den Zuschauern beantworten können. Ich muss mich aber mit jemanden treffen." stellte er laut fest, ohne sich das nur in Gedanken zu sagen. Der Fahrer bekam zwei Minuten später von ihm die Adresse und sie fuhren schon los. Die Zeit verging ihm sehr schnell. Unter Stress verging ihn die Zeit immer, sehr, sehr schnell und er wünschte sich es wäre anders. Andreas wüsste nicht was er erwarten sollte. Ein großen, aggressiven Mann oder eher ein netten und sympathischen Kollegen. „Wird er ihm helfen oder die Tür vor der Nase schließen?" fragte er sich selbst. Der Manager fragte in der Zwischenzeit wo sie genau hinfahren, aber Andreas Antworte sehr ausweichen. Mit jedem Kilometer wurde er noch mehr nervöser. Zum Glück oder auch Unglück schafften sie es nach einer halben Stunde dort hin. Sie standen genau vor einen weißen Hochhaus. Es schaute aus als wäre es gerade renoviert. Der Chef wollte sehr, dass er mit Andreas mitgeht, er war aber sehr dagegen. Nach einer 15-minutigen Diskussion mit verschiedenen Pro- und Kontraargumenten ging Andreas alleine hin. Er wusste in sein Inneren, dass er es selbst machen müsste. Es war eine große Stadt in der Andreas sehr oft war, aber er vermied es sich in dem Ort irgendwo aufzuhalten. Als Kind lebte er ihn einen Mittelgroßen Dorf, darum brachte ihn die große Stadt immer so viele Freude. Die großen Gebäuden, Geschäfte und die alle verschiedene Leute waren für ihn etwas neues und spannendes. Hier wurde nicht jeden Tag von Nachbarn, guten Morgen, gesagt, denn man würde ein halben Tag alle begrüßen. Manche Hochhäuser haben bis zu 10 oder mehr Stockwerken. In seiner Heimat gab es maximal nur 4 Stockwerke und das war für ihn damals schon zu viel. Als er das erste Mal ein Wolkenkratzer in echt sah, war er sehr erstaunt. Im Internet hatte er schon ein paar von solchen gesehen, aber in echt war es etwas Anderes. Es gab noch viele andere

Dinge in der großen Stadt die er, an den ersten Tagen besichtigte oder probierte, denn mit so einer Summe von Geld, die er hatte, konnte er sich das leisten. Alle Entscheidungen traf er bisher alleine. Wie er so viel und schnell Verdienen kann? Wie er populär werden kann? Was in der Zukunft weiter passieren könnte? Jetzt war aber der Moment gekommen, wo jemand anderer die Entscheidung treffen müsste. Jemand der Andreas schon längst nicht mehr gesehen hatte. Eine Person die sich auf das Treffen gar nicht freuen würde und wird. Vielleicht lässt er ihn gar nicht in die Wohnung rein. Die Hoffnung stirbt zu Letzt, auch wenn sie schon vielleicht längst gestorben sein sollte. Bis zu der Eingangstür des Hochhauses zögerte Andreas schon ein paar mal. Der Gedanke, dass alles schon vorbei ist tauchte in seinem Kopf schon mehrere male auf. Die Angst, dass er alles verlieren könnte was er bisher hatte war schrecklich. Ein leichtes zittern und die schwitzenden Hände machten die Situation nicht gerade besser. Genau ein Meter gegenüber ihn waren die Eingangstüre. Keine andere Wahl blieb ihn übrig, also drückte er auf den Knopf neben dem Nachnamen Schießberger.

„Hallo?" antwortete schnell eine Stimme.

„Ich suche Herrn Arnold Schießberger, bin ich da sicher richtig?" Andreas wollte sicherstellen, dass er vor dem richtigen Hochhaus steht.

„Ja"

„Ich muss mit Ihm kurz reden."

„Wer sind Sie?"

„Es ist wirklich wichtig, die Details sag ich Ihnen gleich." Er wollte professionell klingen.

„Nummer 40"

 Die Tür hat sich geöffnet. Komischerweise fragte die Person nicht weiter nach, mit wem sie redet. Vielleicht war es gar nicht Arnold. Das würde er aber gleich herausfinden. Vor ihn befand sich eine kurze Flur. Alle Wände waren weiß und keine Türe war zu finden. Rechts befand sich, aber ein großer Briefkasten für alle Bewohner des Hochhauses. Zum Glück hatte jemand mit seiner nicht sehr schönen Schrift ein Zettel neben den riesigen Briefkasten geklebt, mit der Information, auf welchen Stock sich welche Wohnungsnummer befinden sollte. Ohne dem Wissen könnte Andreas noch lange sich herumirren, denn der Zettel war ziemlich lang. Als Andreas jedoch weiter ging bemerkte er einen Lift in der Ecke und tausende Treppen als er nach oben sah. In diesem Moment freute er sich wirklich, dass er diesen Zettel nicht übersah. Bei den vielen

Stockwerken, konnte man keinen Ende sehen, Andreas musste aber zugeben, dass fast wie in ein Film aussah. Es sah sehr neu aus und in keinem Eck konnte man Schmuck entdecken. Alles gleich, weiß und parallel (genau nur das eine Wort merkte er sich aus dem Mathematikunterricht.) Um sich aber keinen Muskelkater für den nächsten Tag zu machen, wählte er lieber den kleinen aber hilfreichen Lift. Obwohl es drinnen sehr eng sein könnte, für mehr als 4 Personen, war es auch wie das ganze Gebäude, einfach sehr sauber und fein. Gleich als er hineinstieg bemerkte er auf der linken Seite alle Nummern von 0 bis 10 auf Knöpfen und einen Not Knopf falls etwas passieren würde. Noch vor dem Lift sah er ein Bild, das sagte, man sollte nicht rein steigen, wenn es brennt. Diese Zeichnung kam ihm immer blöd vor. „Ist das nicht logisch?" dachte er sich beim jeden Mal. Wie er es schon vor ein paar Sekunden herausfinden konnte, befand sich die Wohnungsnummer 40 auf den 9 Stock und auf den Button drückte er auch drauf. Die Fahrt rauf auf den Stock dauerte nicht so lange wie er sich es dachte. „Wie oft musste der Lift an einem Tag benutzt werden?" die Frage sollte sich Andreas für ein anderes Mal sparen, den in Gegensatz zu seinen anderen Problemen, war die Frage, eine Witzfrage. In dieser Situation hatte er

keine Lust auf Witze oder Lustige
Geschichten. Das einzige was er gerade
wollte, war rein und danach raus aus diesem
Gebäude zu gehen. Andreas wusste nicht
einmal wie er richtig anfangen soll.
„Hallo! Schon lang nicht mehr gesehen!" nach
solcher Begrüßung, würde ihn Arnold nicht
mal rein lassen und gleich die Türe vor der
Nase schließen. Der Anfang ist immer sehr
schwer. Ein paar Mal schoss ihm der Gedanke
durch sein Kopf, dass er es einfach lassen
könnte und eine andere Option suchen sollte.
In der Wirklichkeit, hatte er aber keine andere
Möglichkeit. Nur Arnold wusste aus was
genau die Maschine besteht und wie sie
genau tickt. Ohne ihn würde es nicht gehen,
ein paar mehr solche Maschinen
nachzubauen. Ob das Treffen überhaupt
hilfreich sein wird, weiß Andreas auch nicht,
denn vielleicht hat Arnold ja schon alles
vergessen. Andreas dachte kurz nach und
realisierte, dass es schon das 10 Jahr sein
wurde, wo sie sich nicht getroffen oder
generell gesehen haben. Als Andreas schon
vor der Tür mit der Nummer 40 stand, war es
ihm schwer anzuklopfen oder zu klingen.
Seine Gedanken waren gerade wo anders.
Seine einzige Chance, stand hinter der
weißen, schönen, nagelneuen Tür, aber
trotzdem hatte er angst sie zu öffnen. Mit dem

Leben das er gerade hat, war Andreas zufrieden. Alles was er haben wollte, konnte er sich gleich kaufen ohne zu warten. Außer natürlich in Internet Shops, die er aber jetzt nicht so viele benutzt hatte, denn es war für ihm kein Problem, in ein anderes Land zu fahren oder fliegen um sich eine Sache zu kaufen. Seine Eltern wurden zu ihm und zu sich selbst auch netter, weil sie keine Finanziellen Probleme mehr hatten. Er wurde für sie jetzt wie ein Held, da Andreas sich sehr viel leisten konnte und ihnen auch fast alles kaufen konnte was sie sich nur wünschten. Es war für ihn sehr schön, den ersten Moment zu hören wo sie nach einer langer Zeit nicht mehr streiten. Das Geld ermöglichte ihn sehr viele Dinge, die er früher nie machen könnte. Es ist einfach schön jeden Morgen aufstehen zu können mit dem Wissen, dass er nie Arm sein wird auch wenn er kein Job findet. Das könnte sich aber ändern, darum stand er gerade vor der Tür vom Arnold und bräuchte Hilfe, um die er Angst hatte zu fragen. Es war, aber dringlich. In der Limousine hatte er nicht so viele negative Gedanken wie jetzt. Andreas hat seit Anfang an gewusst, dass es kein nettes Treffen sein wird, aber in diesem Moment, bekam er richtig Panik. Die Familie, das Geld und vielleicht Fans konnte verschwinden, wenn er sich jetzt nicht zusammenreisen wurde. Aus diesem Grund ging er Richtung der Tür und…. Er erstarr. Wegen der ganzen Panik konnte er sich einfach nicht bewegen, die Angst war stärker als er. Dieses Gefühl hatte er nie im Leben erlebt. Er musste sich von selbst beruhigen. Immer war es irgendjemand anderer der sagte: „Das wird schon!" oder „Alles ist gut!" Jetzt musste er das ganze allein schaffen. Andreas wollte eigentlich selbst zum Andreas gehen, aber er wusste nicht, dass sowas passieren würde. Um sich zu beruhigen setzte er sich genau vor der Tür hin und dachte kurz nach. Er schnappte tief Luft und ging alle Optionen durch die jetzt passieren könnten. Es dauerte nicht mehr lang und schon nach einer Weile begriff Andreas, dass er sich mit Arnold treffen muss. Wenn er jetzt gegangen wäre, wäre es ein großer Fehler. Sehr großer Fehler. In seinem Leben hatte er schon viele Situationen die ihm unangenehm waren, die er aber trotzdem erleben musste auch wenn's nicht cool war. Ohne weiter nachzudenken, um sich nicht noch ein größeren Stress zu machen klingelte er an. Als er noch einmal klingelte, anklopfte und noch ein paar Sekunden wartete, bemerkte er plötzlich, dass die Türe ganz leicht offen waren. Das kam ihn sehr eigenartig vor, denn Arnold würde nie seine Türe so offenlassen. Seit er ihn kannte, war er ein Perfektionist. Wenn bei ihn auf seinem Platz in der Schule oder in seinem Zimmer zu Hause, nicht alles dort war, wo es sein sollte, richtete es Arnold immer her oder verbesserte es ganz schnell. Mit der Person war Geometrie immer anstrengend, denn die Striche und alles andere musste perfekt sein. Darum saßen sie in diesen Fach nie zusammen, denn sie wurden es nicht mal einen Unterricht lang schaffen, sich nicht zu streiten. Vielleicht war die Tür einfach für Andreas schon längst offen, damit er ohne Probleme reinkommen konnte. Das wäre dann sowieso komisch, denn man öffnet nicht einer Unbekannten Person einfach so die Tür. Es könnte wirklich sein, dass Andreas bei der falschen Tür stand. „Jetzt oder nie!" sagte er sich laut in seinen Gedanken, klopfte nochmal an und ging rein. Es wäre keine gute Idee die Tür zu schließen, denn in der ganzen Wohnung war es sehr dunkel. Keine Lichter eingeschaltet, alle Fenster waren mit ein Vorhang oder irgendeiner ähnlichen Sache abgedeckt. Mit seiner Hand suchte er nach einem Lichtschalter, weil er nicht einmal die Farbe der Wände sehen konnte. Als er endlich es geschafft hatte, wusste er nicht wo er anfangen soll, zu schauen. Auf jeden Fall war er sich sicher, dass es nicht die Wohnung von

Arnold war. Einfach Chaos. Als er angefangen hat zu realisieren, wo er gelandet ist, fing er an eine Stimme zu hören. Er konnte die Person nicht sehen, denn er stand in einem sehr kleinen Raum, wo es ein Durcheinander von Schuhen und anderen Bekleidungsstücken gab. „Vielleicht war die Stimme ja nur in seinen Kopf" dachte er sich. Als er sich ein paar Schritte weiter in das Haus einschlich, stoppte er zum Glück rechtzeitig, denn genau vor seinen Füßen lag ein zerbrochenes Glas. Unter den kleinen zerbrochenen Stückchen lag ein Foto. Andreas bückte sich hin und hebte es. Als er aufstand und sich genau das Bild anschaute, konnte er 3 Personen darauf erkennen. Alle kamen ihn sehr bekannt vor. Es wurde ihn schnell klar, dass er doch in der Wohnung von Arnold war. In der Mitte des Fotos stand Arnold und neben ihn seine Schwester und Mutter. Die zwei neben ihn haben sich fast gar nicht verändert, seit er sie das letzte Mal gesehen hat. Arnold, sah auch nicht sehr anders aus. Es wuchs ihn nur ein langer Bart, das war der einzige Unterschied. „Halo!?" die Stimme erklang noch einmal, die er vollkommen vergaß. Es kam von dem anderen Ende des Hauses. Die Person klang sehr schwach. „Brauchen Sie Hilfe?" Andreas sprach in der Sie-Form, denn nach diesen ganzen Chaos hier, glaubte er nicht, dass es Arnold war. Mit ein machtlosen, ja, antwortete der Mann. Ohne nachzudenken rannte er so schnell, wie es nur ging, zu ihm. Andreas übersprang die Glasscheiben und ließ das Foto fallen. Die Wohnung war nicht sehr groß, daher war er gleich bei ihm. Zum Glück oder auch Unglück war es doch er. Arnold. Wie ein Stein lag er dort und konnte nur seine Finger bewegen. Einfach Steif befand er sich am Boden und versuchte noch ein Wort rauszukriegen. „Was ist passiert?!" Ohne auf andere Dinge zu achten, wollte Andreas helfen.

„Da…" In Arnolds Hand befand sich ein Gerät, dass er ihn überreichen wollte. Andreas hatte so eine ähnliche Maschine, schon einmal gesehen. Und das nämlich in seinen Händen. Es sah genau gleich aus wie die Zeitmaschine von ihm. Sicherlich teste er die Erfindung auf sich selbst aus, stellte Andreas in seinen Kopf fest. Es konnte auch sein, dass Arnold eine Krankheit, von der Andreas nichts wusste, aber das war eher unwahrscheinlich. Wegen den ganzen nachdenken bemerkte Andreas nicht, dass Arnold mit seiner letzten Kraft genau auf ihn zielte.

„Nein!"

Aber es war schon zu spät.

Plötzlich wie aus den nichts rief eine hässliche Mutterstimme: „Steh endlich auf!". Mit einem geschockten Gesicht ist er aufgewacht. Andreas konnte es selbst seinen Augen und Ohren nicht glauben. Das war nicht die Zukunft, sondern die Vergangenheit. Blitzschnell lief er zu dem Kalender und schaute genau nach. Zur Sicherheit nahm er ein Handy und schaute nach, ob der Kalender das richtige sagte. Es war auch das richtige Datum am Handy und Kalender. Wie vor 10 Jahren befand er sich in Arnolds Zimmer, ohne zu wissen wieso genau hier.
War es das Schicksal, die Erfindung oder reines Pech?
(Ende)